王子失踪す

the prince disappears

yamagami tatsuhiko

山上たつひこ

新潮社

contents

装画　河井いづみ

王子失踪す

The
prince
disappears
Yamagami
Tatsuhiko

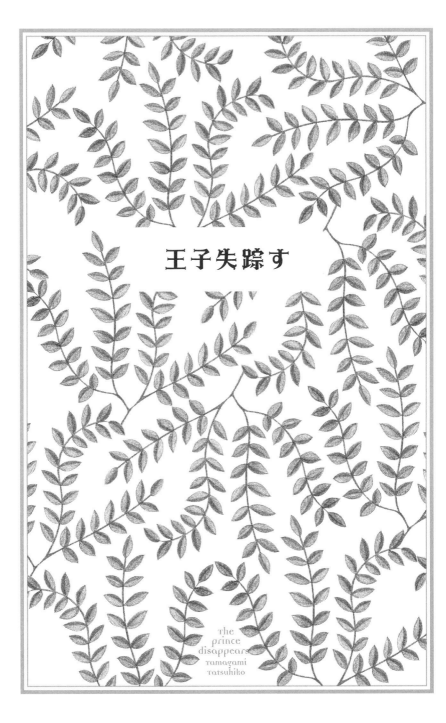

「王子様がいなくなったって瑠璃《るり》が騒いでる」

妻の恵子《けいこ》が言うのを笹山《ささやま》は聞き流していたが、しつこく繰り返す声に根負けした。

「王子様って、あのセスナ機のパイロットかい」

「国際線の機長よ」

王子様の名前は亜蘭《あらん》。国際線のパイロットであり、世界的なロックスターでもある。娘の瑠璃が宝物にしている着せ替え人形ミカちゃんのボーイフレンドだ。去年の娘の誕生日にミカちゃんをプレゼントし、今年になって娘にねだられてその男の人形をまた買ってやったのである。着せ替え人形というのは服や靴などが一点ずつばら売りされ、自由にコーディネートできるようになっている。服とか小物類だけではなく人形の家族や友達までそろっていて購買意欲を誘う仕掛けになっている。

王子様の亜蘭も主力商品ミカちゃん人形から派生したキャラクターの一つなのである。亜蘭が来てから瑠璃の人形遊びも世界が広がったと笹山は思う。ミカちゃんを抱きしめて話しかけるだけだったのが、亜蘭の出現で三人称の交わりが生まれ、亜蘭の「異性」という色合いまでが加わったのだ。

ミカちゃんの服装が派手になった。亜蘭とのデートのためである。瑠璃はミカちゃんのために器用な手つきでドレスを縫い、ビーズのネックレスを作った。本物を見事に縮小したボール紙と銀紙製のシャネルのハイヒールを見たとき、笹山と恵子は感動を覚えたものだ。

「女の子の執念だね」

笹山には八歳の娘が急に大人びて見えた。

亜麻色の髪に濃い茶色の瞳をもったミカちゃんと国際線のパイロットであり世界を股にかける金髪のロックスター亜蘭はお似合いのカップルだった。

「亜蘭はあの俳優に似てるね。ほら、ロミオとジュリエットのロミオ役をやった」

「レオナルド・ディカプリオ？」

「違うよ、あんな変な顔じゃない。もっと美青年だ。オリビア・ハッセーがジュリエット役をやったときの相手役、昔の映画だよ」

その男優の名前は夫妻の口から出てこなかったが、イタリアの最高級スーツを着こなした亜蘭の風貌に夫妻は一つのイメージを共有することができたようだった。

ミカちゃんと亜蘭のデートはドライブのときだけ少し悲しかった。アルファロメオのコンバーティブルでもあれば完璧だったのだけれど、瑠璃の車への関心がないために弟の玩具《おもちゃ》を拝借してデートの足にしてしまうのだ。瑠璃の弟、将《しょう》は消防車とパトカーにしか興味を持たない男の子だった。かくして、ミカちゃんと亜蘭は梯子車スーパージャイロラダーという大型の消防自動車に乗って海辺のレストランや舞踏会へ「出動」せねばならない羽目になったのである。それでもロマンスは色褪せなかった。消防車は大きな玩具で運転席に二人の体が楽々とおさまった。ミカちゃんは亜蘭の肩にうっとりと頬を寄せている。着せ替え人形の乙女は瑠璃自身の姿であった。

その幸福の要《かなめ》である王子様がいなくなった。

「亜蘭が行方不明」

瑠璃は両手の小さな拳を口に当てて嗚咽していた。

「どこかにしまいこんで忘れたんだろう」

「亜蘭を物みたいに言わないで」

瑠璃は父親の言葉に反発した。

「いなくなっちゃったのよ」

瑠璃が金切り声を上げた。

「じゃ、探そう。パパは行方不明の人を探すのは得意なんだ」

笹山は言葉を選んでそう言い、娘の頭をなでた。

笹山と恵子は手分けして瑠璃の部屋を調べた。子供の部屋とはいえ一人前に家財道具があるので作業は大事《おおごと》だった。将の部屋、夫婦の寝室、車庫、家中の大点検もしたが、どこにも王子様の姿はなかった。

「亜蘭は家にいないと思う」

瑠璃が笹山を見上げて頬を膨らませた。

「どうしてそう思うんだ？」

「亜蘭は家族がいないから家出したのよ。恋人だけじゃだめ。人間には家族が必要なの。家族が出来れば帰って来るわ」

「ミカちゃんも家族はいないけど家出はしてないじゃないか」

「ミカちゃんには私がいるでしょ。私が家族だもの」

日を追うにつれ、着せ替え人形ミカちゃんの服が汚れてみすぼらしくなった。美しかった髪もぼさぼさになり、顔や腕には染みのようなものまで浮き出ていた。

「ミカちゃんは愛する人がいなくなったから身なりにかまわなくなったのよ」

亜蘭は家族が出来れば帰って来る。ミカちゃんはそれを待っている、と瑠璃は独り言のようにつぶやいた。瑠璃は亜蘭のために家族の人形を買ってくれるよう暗にせがんでいるのだ。亜蘭を買ってからまだ間もないので、子供なりに親に出費をさせることに後ろめたさもあるのだろう。正面を切っては無心しにくい、そこで思いついたのがこの計略だったのだ。

瑠璃の静かな圧力は笹山を次第に追いつめた。将の泣き顔を見ることが多くなった。どうやら瑠璃が苛立ちを発散するために弟をいじめているらしい。

笹山夫妻は瑠璃の要望を聞き入れることにした。大型スーパーの玩具売り場で亜蘭の「家族」を購入した。パパとママと弟、三体の人形である。パパは四十代後半のエンジニア、ママは美人の料理研究家、弟は大学生でサッカー部の花形選手――それが玩具メーカーの用意した人形達のプロフィールである。

「亜蘭は近々帰って来るよ」

笹山は苦笑混じりに予想した。

「今回限りですからね。着せ替え人形はこれで打ち止め」

恵子は口元を引き締めた。

八歳の娘のしたたかな戦略に乗せられたことに忌々《いまいま》しさもなくはないが、娘の気難しい表情を横目で見つつ毎日を過ごさねばならぬ憂鬱に比べれば、心理戦の敗北など耐えるにたやすいことだ。

「四月の魚」の日。

亜蘭は帰って来た。

フランス語でいう四月の魚は「騙された人」を指すらしい。笹山は四月一日の夜、ゴルフクラブの手入れの最中であった。

「パパ、亜蘭よ」

顔中をくしゃくしゃにして瑠璃が部屋に飛び込んで来た。彼女の腕にはしっかりと王子様が抱きかかえられていた。

「家族が出来たから亜蘭は帰って来たのね。パパのおかげよ」

瑠璃は外国の少女がするような感激のジェスチャーをして見せた。笹山の視線は人形に向けられていた。しばらく振りに対面する亜蘭は泥にまみれていた。亜蘭の青い瞳が笹山を見ている。気のせいかその顔はばつが悪そうであった。

「亜蘭は家出している間、きっと穴掘りの現場で働いていたのよ。可哀相に、こんなに汚れて」

父親の視線に気づいた瑠璃は人形をことさら強く抱き寄せ、涙ぐんで見せた。笹山はその演技に鼻白んだが顔には出さず黙って娘の肩を抱いた。人形の体からは溝《どぶ》の臭いがした。

笹山は人形が隠されていた場所のイメージを思い浮かべようとして、すぐにその想念を振り払った。得体の知れぬ嫌な形のものが脳裏をよぎったからである。

瑠璃は笹山の胸にしがみついて父親に愛される娘を目一杯演じていた。笹山はこの娘が王子失踪の前日、テレビに流れる一九七三年のオイルショックのニュース映像を熱心に観ていたことを思い出した。瑠璃は亜蘭を隠す場所をこのとき思いついたのではないかと笹山は考えたが、トイレットペーパーを求めて殺到する主婦の群れと溝の臭いがどう結びつくのか彼にはわからなかった。

亜蘭が戻り、彼の両親と弟が登場し、四人の家族が構成されたことで、人形のコミュニティーは賑やかになった。それは平和の維持が難しいものになっていく予兆でもあった。

感情の行き来が複雑になった。ミカちゃんと亜蘭は互いに熱愛していたけれど、ミカちゃんと亜蘭の家族が理解し合うのは容易ではなかった。小さな摩擦が起こった。たとえば、亜蘭のパパはミカちゃんに親切に接するが、亜蘭のママはそのことが面白くなさそうである。サッカー好きの亜蘭の弟は兄の美しい恋人を好ましく思いつつも、彼女が姉のように振舞うのでときどきわずらわしくなる。「家族でもないのにいちいち立ち入るな」というわけだ。

笹山と恵子は瑠璃の人形相手の独り芝居によってそれを知るのだが、瑠璃の表現力は驚嘆すべきもので、人形になりきった演技や声色《こわいろ》の使い方は手練《てだ》れの舞台女優を思わせた。彼女はまたストーリーテラーでもあった。その場その場、即興で話を組み立てていくのである。八歳の少女が作ったものとは思えぬ筋立てに大人が引き込まれてしまう。彼女の空想する人形のホームドラマに現実の禍々《まがまが》しい出来事が透けて見え、驚かされることも少なくなかった。

瑠璃がミカちゃんと同じドレスを欲しがったことがある。自分で作ろうと挑戦してみたようだったが、さすがにまだ本格的な縫製技術が追いつかず、母親にねだったのである。

おそろいの花柄の刺繡入りドレスを着て瑠璃はミカちゃんと記念写真におさまった。瑠璃がそのドレスを着たのは一度だけだった。

花柄のドレスはくしゃくしゃに丸められ簞笥の奥に押し込められた。

「ミカちゃんみたいに上手く着こなせない」

瑠璃は涙目で母親に打ち明けた。ミカちゃんはファッションの着こなしにおいて瑠璃の手の届かぬ達人だった。着せ替え人形は女の子の夢という分子だけで出来ている。生身の少女である瑠璃に対抗できようはずもない。

それでもミカちゃんを小さなロッキングチェアに座らせて彼女と自分のための新しい服をスケッチする瑠璃は満ち足りた表情だった。

「家族」の出現は瑠璃に次のステップを踏ませた。

「亜蘭のパパとママが、お家《うち》が欲しいって」

瑠璃はミカちゃんの恋人とその家族に住まいをプレゼントしようとしていた。

着せ替え人形ミカちゃんには家がある。笹山が瑠璃の誕生日にミカちゃんと一緒に買ってやったものだ。ミカちゃんの家は赤い屋根に白い壁、上部がアーチ形の可愛らしい窓がついていた。窓ガラスの向こうにレースのカーテンが見える。身長二十二センチのミカちゃんの住まいだから小さめの犬小屋ほどの大きさがあった。建物の前面が開くようになっており、キッチンと居間と寝室のこぢんまりした内部を眺めることができる。寝室には洒落た調度品が置いてあり、ピンク色のカバーがかかったベッドがある。ミカちゃんはこのベッドで眠るのである。亜蘭とその家族は書棚に立たされたり、出窓のスペースに座らされたり、ペンギンのぬいぐるみと一緒に籐の籠に押し込められたりしている。

「亜蘭一家は毎日野宿なんだね」

笹山が何気なしに言った言葉が呼び水になったのか。あるいは、瑠璃は父親のそんな言葉を待っていたのだろうか。

瑠璃は人形の家を買って欲しいとは言わなかった。彼女は段ボール箱を持ち込みカッターナイフと鋏《はさみ》を振るって建築工事を始めたのである。

「パパ、こんなお家を作りたいの」

瑠璃は雑誌から切り抜いた写真を笹山に見せた。白い壁に柱と梁《はり》が浮き出した美しい西洋館が写っている。イギリスのチューダー様式の住宅だ。

「家の前側を扉みたいにして、開けると中が見えるようにするの。家具とか調度品とか、台所のお鍋とかも揃えるのよ」

瑠璃はそれから部屋の設計計画を語った。亜蘭の両親の寝室、亜蘭の部屋、弟の部屋、居間、キッチン、バスルーム、トイレ……。

瑠璃の構想どおりに完成したとすれば、十八世紀に貴族の子女のために作られた「ドールハウス」のような本格のミニチュアハウスが出来るかもしれない。笹山はいつしか娘の建築工事に参加していた。段ボールを裁断し、組み合わせ、糊付けし、ペンキを塗った。

一週間ほどを費やして三階建ての西洋館は完成した。イギリスのドールハウスには及びもつかないが、何とかそれらしき外観の建物が誕生した。ミカちゃんの家はプラスチック製の工場生産品だけれど、こちらは手作りの味わいがある。

家具や小物類まではさすがに手が回らなかった。家作りでエネルギーを使い果たしてしまったのでミニチュアの家具などに挑戦してみる気にはなれなかった。瑠璃もそれは同じだとみえ、家具の代用品として雑誌からベッドやテーブルの写真を切り抜き、部屋に貼り付けたりしている。

「家具なんかはそのうち少しずつ揃えていけばいいよ」

笹山はペンキで汚れた手をぬぐいながらそう言った。それは新居に入る家族の言葉を代弁していた。

亜蘭とその家族は新居に引っ越した。エンジニアのパパと料理研究家の美人のママはベッドの切り抜き写真を貼り付けた部屋で照れ臭そうに寄り添っていた。亜蘭の部屋だけはモダンな赤い長椅子とギターが置かれている。この家具と楽器の縮小モデルは瑠璃が小遣いをためて買ったものだった。弟はサッカーのスーパースター、ロナウドの写真の前で満足げな表情だ。新築祝いの晩餐は、恵子が腕によりをかけてご馳走をこしらえ、シャンパンを抜いた。

チューダー様式の亜蘭邸が完成するとミカちゃんの姿を屋敷の前で見るようになった。ミカちゃんは頻繁に亜蘭に会いに来た。ミカちゃんは亜蘭の部屋で過ごすことが多かった。彼女は彼とダンスをし、一緒に歌をうたい、逢瀬を楽しんだ。

二人の仲は家が出来た日から一層深まったようだ。彼と彼女はソファーの上で体を密着させ、顔を寄せ合った。笹山は二体の着せ替え人形が唇を重ねている格好にどきりとした。それは軽い愛の表現ではなく、どう見ても男と女の濃厚な愛撫のポーズだったからだ。

(若い二人だからしょうがないか)

笹山は思わずもらした自分の声に苦笑した。

亜蘭の家にマホガニーのダイニングテーブルと椅子が入った。銀メッキのナイフ、フォーク、スプーン、五本のキャンドルがついた燭台までがセットになっている。瑠璃が恵子にせがんで買ってもらったのだ。瑠璃は家族が集まる食卓だけは充実させたかったようだ。

　テーブルと椅子が置かれた日、亜蘭の家族は祝宴を催した。笹山家の晩餐を意識したような宴だった。テーブルにはフランス料理のフルコース——それは料理雑誌の切り抜き写真だったけれど——が並んだ。そこにはミカちゃんも招待された。ミカちゃんは亜蘭の隣の席に座っていた。彼女の正面は亜蘭のママだった。

　気位の高そうな、貴族的風貌をした料理研究家は息子の恋人が気に入らないようだった。亜蘭の家族全員がミカちゃんを見ているのに彼女だけはそっぽを向いているのである。瑠璃の名演で人形同士の心の鍔迫《つばぜ》り合いは把握できていたが、具体的な場面として見せられると相手は玩具であるのにとまどいを覚える。

　天気のいい日、ミカちゃんと亜蘭の家族はピクニックに出かけた。笹山家の庭がその野山になった。芝生に広げたタータン・チェックの敷物に人形達が思い思いのポーズで座っている。バスケットからはワインとローストチキンとバゲットのお弁当がのぞいている。こんなときも亜蘭のママだけは離れて座っていた。そこはミカちゃんから一番遠い場所だった。

「亜蘭のママは気難しいんだね」

笹山は感想を述べた。

「気難しいっていうより、あの人は性格が良くないの」

瑠璃は言った。

亜蘭の家のキッチンに磁器の食器やワイングラスが揃うようになった。瑠璃が小遣いで少しずつ買い集めているのだ。その皿やグラスが床に散乱していたことがある。

「亜蘭のママが料理の味をけなされたものだから癇癪を起こして床に投げたの」

瑠璃はそう説明した。

「料理をけなしたのは誰だい」

笹山は笑った。

「ミカちゃん」

瑠璃は答えた。

「そのときは私も一緒だったの。二人で亜蘭のお家に遊びに行ったのよ」

笹山は瑠璃の言葉にかすかに動揺した。

人間の少女と人形の少女が手をつないで小道を歩いて行く。そうなのだ、瑠璃も彼等の交友図の中の点景人物の一人だった。

「ミカちゃんが言ってた。亜蘭のママが料理研究家だなんて信じられないって。あんな料理の腕でよく専門家ぶっていられるわって」

瑠璃とミカちゃんが連れ立って亜蘭の家に遊びに行くと、亜蘭のママは食事を振舞ってくれたのだろう。ミカちゃんは正直にその一皿の評価を口にした。おそらく社交辞令抜きの手厳しい表現で。亜蘭のママの表情が一変し、真新しいキッチンに食器が叩きつけられる音が響いた。そのとき亜蘭やその家族はどんな態度を見せたのか。亜蘭は恋人の遠慮のない物言いに当惑しただろう。亜蘭のパパは妻の激高を眼前にしておろおろするばかり。弟はサッカーボールを持ったまま女の争いに圧倒されていたはずだ。こんなとき男は対応する術がない。実物の何分の一かに縮小された紳士や青年も同じことだ。破損した皿や茶碗を片づけたのは笹山だった。彼が後始末をしたのだ。ドールハウスの外界にいる笹山だけがその役目をなしうる超能力を持っている。

床の掃除をする笹山を人形は無関心な様子で見ていた。

(少しは感謝しろよ)

笹山は亜蘭のパパに小声で言ったものだ。

亜蘭の家に明かりが点《とも》った。

瑠璃が夜に窓が暗いのは寂しいと言うので笹山が豆電球をつけてやったのだ。それは笹山が子供の頃電車の中から見た西洋館の夜景に似ていた。あの家にはどんな人が住んでいるのだろう。幼い笹山は異国からやって来たかもしれない見知らぬ家族の顔を想像したものだった。

窓に人影が映っている。亜蘭か、そのパパか、ヒステリーのママか、笹山はドールハウスから目をそらした。

窓の人影が瑠璃に見えたからだ。


笹山は深夜に目が覚めた。

何かが耳に入った。断続的で、小さく、低い。それが人声《ひとごえ》であることに彼は気がついた。

部屋を出ると廊下に明かりが漏れていた。瑠璃の部屋だった。声はそこからこぼれていた。ドアにかすかな隙間がある。そっと押すとそれは動いた。部屋の中が見えた。瑠璃は起きていた。パジャマ姿だ。彼女は座り込んで背中を丸めミカちゃん人形の家に向かって何か喋っていた。笹山からは瑠璃の背中しか見えない。瑠璃の頭越しに人形の家はよく見えた。ドールハウスの壁が開いて屋内が開放されている。ベッドがあった。そこには二つの人形が寝ていた。亜蘭とミカちゃんである。ピンクのベッドカバーがずり落ちていた。笹山ははじかれたようにドアから体を離した。笹山はドアの脇に背を張りつかせ、一点を凝視した。息遣いが激しくなっていた。

彼は今自分のとった動作の意味を解せないでいる。見てはならぬもの？　それを自分は見たのだろうか。笹山の頬が痙攣した。ただの着せ替え人形が二つ、ミニチュアのベッドに横たわっているだけではないか。亜蘭の部屋でも二体の人形は体を寄せ合い、顔を密着させていた。しかし、今笹山の目にしたものは違う。彼は視界に刻んだものを脳裏で反芻した。歯が鳴った。ミカちゃんと亜蘭は裸だったのだ。シーツは乱れ、ベッドカバーは桃色の水たまりのように床に広がっていた。

　笹山に再び部屋を覗く勇気はなかった。耳だけをすませた。二つの声が交互に聞こえた。一つは男のような、一つは女のような。それはくすくすと忍び笑いになったかと思えば裏返って甘え声に変わり、艶《なま》めかしいささやきのあとには誰かを嘲《あざけ》る蓮《はす》っ葉《ぱ》な物言いの片々になった。声が甲走《かんばし》り、悪意が細く高く尖って部屋から這い出て来た。笹山は逃げ出した。足元から環形《かんけい》動物が絡みついてくるような感触に耐えかねたのだった。

　笹山は急激に湿気をおびたベッドの中で朝方まで悶々とした。笹山は顔を洗うと朝食もとらずに家を出た。三度の食事をおろそかにしたことなどない夫の異変に恵子は目を丸くしていた。

　オフィスにいても街に出ても笹山の周囲には風景がなかった。己の身の丈を確認する比較対象を見失った心地である。船酔いに似た悪心が続いている。靄《もや》のような影が揺らめき、不規則な間をおいて薄い光が視界を横切る。

　虫の羽音が笹山の耳元につきまとった。それは彼が立ち止まると低くなり、歩き始めるとまた高くなった。

あれは――笹山はつぶやく。あれは、何だったのか。乱れたベッドにだらしなく裸形をさらす男女の人形。瑠璃の部屋には瑠璃以外の何かがいた。

瑠璃に特別変わった様子は見られなかった。笹山が話しかけても目をそらすこともないし、表情も普通だ。風呂上りに大人の女がするようにバスタオルを体に巻きつける気取った仕種《しぐさ》もいつもの彼女だった。笹山には瑠璃の部屋で真夜中に目撃した淫靡な儀式を話題にする気力はなかった。恵子にも伝えることを迷っていた。それを夫婦が認知し合うことで不安が増殖するのではないか。

「あの人達、険悪みたいよ」

恵子がぼそっとつぶやいた。笹山はその意味がわかっていた。

ミカちゃんと亜蘭のママの確執は亜蘭家の日常にも影を落とし始めていた。亜蘭のパパとママはいつも一緒だったのに、近頃は離れ離れに行動している。寝室も別にしたようだ。

亜蘭兄弟の衝突も見られる。先頃も、弟の部屋に貼ったロナウドのポスターを亜蘭が破ったとかどうとかで殴り合い寸前の喧嘩になったらしい。瑠璃の堂に入った語り口によって、亜蘭家の家庭事情は笹山と恵子の前にさらけ出されるのだった。

疾風が砂塵を巻き上げ、空が黄色く濁った日。恵子は言い争う声を聞いた。瑠璃は前夜熱を出したので大事をとって学校を休ませていた。恵子は掃除の手を止めた。何かが割れる音、ついでヒステリックな声音《こわね》。それは二階の瑠璃の部屋からだった。

「あんたは子供の顔をした淫婦だわ」

「誤解よ」

猛《たけ》った女のしゃがれ声と少女の涙声がやり合っていた。恵子が部屋に入ると瑠璃は自分の髪をかき乱し、もう手のつくしようがないといった態で床に座り込んでいた。二体の人形が散らばっていた。ミカちゃんと亜蘭のママである。ミカちゃんの顔には引っかき傷があり、彼女のドレスは引き裂かれていた。料理研究家のママの手には千切れたドレスの布地が絡んでいた。割れたマグカップが二人の女の心理を映すように鋭い割れ目を上向けて転がっていた。

「亜蘭のママとミカちゃんは初対面のときからこうなの。私の手には負えないわ」

瑠璃の頬にも小さな傷があった。カップの破片が当たったのであろう。恵子が瑠璃の額に手を当てると火のように熱かった。

「亜蘭のママはね、ミカちゃんがプレゼントしたお花をトイレに投げ込んだのよ」

瑠璃はうわごとのように繰り返した。彼女の目は母親の知らないどこかへ向けられていた。恵子は娘の背中をさすりながら、季節はずれのインフルエンザに二度続けて罹ることはあるのだろうかと思った。瑠璃はこの春にインフルエンザに罹っているのである。

恵子は午後になったら瑠璃を病院へ連れて行こうと思った。

ミカちゃんの家から少し離れて建つ亜蘭邸の窓から亜蘭のパパがこちらを覗いていた。妻との不仲、そして、息子の恋人と妻のいがみ合いに当主として悩みは深いはずだがその表情は平和だった。亜蘭はギターを抱えて赤いソファーに寝そべっている。こちらも恵まれた青春を謳歌する若者の日常だった。恋人と母親の仲をどう取り持つかを考えるのは彼の役割ではないのだろう。亜蘭の弟は引き裂かれたロナウドのポスターの前でサッカーボールを手にしている。兄弟喧嘩のわだかまりも感じさせない陽気な顔だった。西洋館の家族は感情を押し隠す擬態の名人だった。

恵子はこの建物のトイレがどこにあるかを知らない。彼女は投げ込まれた小さな花束が便器の渦の中でくるくると回り続ける光景を想像した。

瑠璃のインフルエンザの検査結果は陰性だった。

笹山は帰宅して恵子から話を聞いた。虫の羽音のような耳鳴りがまた起こった。亜蘭一家の邸宅が完成してから瑠璃の人形遊びは憎悪や嫉妬の渦潮へ向けて舵を切ったかのようである。食卓で息子の恋人を無視する母親の顔は仮死を装う魚に似ている。少女の足元で砕け散ったグラスの破片は自らの皮膚から剝ぎ取った鱗《うろこ》だ。どこにもない花園に誰の目にも見えない毒草がはびこり触手を広げていく。くぐることのできない小さなドアの前で途方に暮れるのは見覚えのあるどこかの父親。笹山はあれから何度も深夜の口喧嘩や、ボソボソと話し込む陰気な「家族会議」の音声を耳にしている。

今、妻から伝えられた出来事は事態の終末的様相を示唆していた。笹山は身体が地下水脈に溶け込んでいくような眩暈《めまい》に襲われた。亜蘭とその家族は笹山家に買われて来なければ良かったのかもしれない。どこか笹山家以外の相性のいい家に納まるか、売れ残った着せ替え人形として倉庫の隅に眠っていたほうが彼等は幸せだったろう。亜蘭家は縁起の良くない方位へ引っ越して来た。そして、よりによって最悪の家相の建物に入ってしまったのだ。

いいいいいいいいいいいいいい

しっかりしてくれ。笹山は人形に語りかけた。あとはあんた達が頼みだ。あんた達家族が結束しないと我が娘の攻勢を防ぎきれないぞ。家族には自浄能力がある。それを思い出せ。笹山の願いもむなしかった。愛玩と消費と甘美さのみのために作られた八頭身の着せ替え人形は太平楽だった。

亜蘭のパパとミカちゃんが腕を組んで並んでいる。ロマンスグレイの紳士と若い女のそぞろ歩き――、そこにはほんのちょっぴり秘密の匂いがあった。亜蘭はそんな時どこかに姿を消している。彼は恋人の火遊びを知らないのだろうか。紳士とミカちゃんは庭の木陰で肩を寄せ合っていることもあった。木漏れ日が二人を包んでロマンチックだった。

笹山は相手が人形であることも忘れて、これ以上家庭争議の種を増やしてどうするつもりなのだと本気で懸念した。

「君には内緒にしてたんだけど」

笹山は妻に瑠璃の部屋で見た出来事を打ち明けた。恵子の顔色が変わった。それは彼女には女同士の摑み合いよりもショッキングな知らせであったかもしれない。

「嫌《や》だ」

八歳の娘の空想に性的な迷彩が加わったことに恵子は色をなした。


亜蘭が再び姿を消したのはそれから間もなくのことだった。

「亜蘭がいない」

ヒステリー症状を見せて訴える瑠璃の前に笹山は冷静だった。

「家族も出来た、ミカちゃんとの仲も順調、それなのにどうして亜蘭はいなくなるんだ」

「パパにはわからないのよ。ミカちゃんと亜蘭は複雑なの。他人には理解できない事情があるんだわ」

笹山は瑠璃の言う「他人には理解できない事情」とはあの秘め事のことなのか、あるいはミカちゃんの「尻軽女」振りのことなのか、と口に出しかけたが思いとどまった。八歳の娘に突きつけようとしている情動の正体を自分でも摑みきれないのだ。

瑠璃は亜蘭の行方を求めて家中をかき回し始めた。恵子は気乗り薄ながら娘につき合っていたが、笹山は捜索隊に加わる気持ちにはなれなかった。

笹山の書斎から、竹棒を手に庭を調べて回る瑠璃の姿が見える。この娘は父親にわざと人形の捜索風景を見せつけている――笹山はそう思った。それでも、思いつめた表情で植え込みの陰を覗き込む娘の姿に愛おしさが込み上げてきたりして、笹山の心理は揺れ動くのであった。

笹山の仕事中に恵子が連絡してくることはめったにない。だからその日、携帯電話で妻の声を耳にした瞬間、笹山は皮膚が粟立つのを覚えた。

「家が燃えてる」

恵子の声が震えていた。

「何だって？」

「亜蘭のお家が燃えてるのよ」

笹山があわただしくオフィスを出て行くのを同僚はぽかんとした表情で見ていた。

帰宅するのに会社の前からタクシーに乗るのは、笹山が勤め人になって初めてのことだった。雰囲気を察したのか、バックミラーの中で運転手の目が何度も笹山を見た。タクシーは最短の道筋を走って笹山の自宅に着いた。車のドアが開いたとたん焦げ臭さが鼻をついた。薄れた煙もまだあたりに漂っているようだった。笹山は門扉を突き飛ばすように開けた。

庭に焼け焦げた西洋館の残骸があった。

それはニュース映像で見る火災現場そのものだった。段ボール製のドールハウスは焼け落ちてリアルさを増していた。

「どういうことだ？」

笹山は誰に問いかけるでもなく言葉をもらした。焼け跡の周囲は水浸しだった。笹山の靴底でぬかるんだ庭土《にわつち》が粘液質な音を立てた。

恵子は両腕でわななく体を抱くようにして立っている。全身ずぶ濡れで顔は煤だらけだった。彼女の足元にはバケツが転がり、水撒《ま》き用のホースが息も絶え絶えの蛇みたいに拗《ねじ》くれていた。

「お風呂を洗ってたから気がつかなかったの」

恵子の歯が小刻みに鳴った。彼女が煙に気がついて庭に飛び出したときにはドールハウスは手がつけられないほど燃え上がっていた。

恵子の奮闘で火災の熱だけはおさまっていた。笹山は焼け跡を探った。自分の体が身長二十二センチの消防士になったみたいだった。三人の焼死体が出て来た。亜蘭のパパとママ、そして弟。三人の体は性別の区別もつかぬほど焼け爛れていた。笹山の内耳に誰かの声がした。

（火の回りが早く、逃げる間もなかったのだろう）

二階の窓に影が映っている。瑠璃がこちらを見下ろしていた。

「瑠璃」

笹山が短く叫ぶと窓の影は消えた。

「瑠璃」

笹山はもう一度叫ぶと大股に家に入って行った。二階に駆け上がると部屋に逃げ込もうとする瑠璃の姿が見えた。笹山は締まりかかったドアに体を差し入れた。彼は部屋の入り口に仁王立ちになった。瑠璃は人形を抱いて部屋の隅で体をすくめている。着せ替え人形ミカちゃんは瑠璃にしがみついておびえているように見えた。

「亜蘭の家が火事で丸焼けになった」

笹山は娘のそばに歩み寄った。

「亜蘭のパパとママ、それから弟が焼け死んだ」

笹山は「人形が焼けた」とは言わなかった。それは無意識に彼が使った表現だった。

「外から誰かが侵入して亜蘭の家を持ち出して火をつけたなんてあり得ない。この家の誰かがやったんだ」

「私、知らない」

「ママでもない、将でもない。瑠璃、正直に言いなさい。お前がやったんだろう」

「私、何にも知らない」

「瑠璃」

「知らないって」

瑠璃とは別の女の声が叫んだ。瑠璃の腕から人形が抜け落ちた。人形は首を少し傾けて床に転がった。瑠璃はゆっくりとした動作で人形を抱き上げた。

「ミカちゃんも最近変なの。ときどきいなくなることがあるのよ」

瑠璃はミカちゃんを笹山の方へ向けた。

「ほら、どこかでこんな汚いものをつけてくるの」

笹山は人形の手が土で汚れているのを見た。

「ミカちゃんはお前に内緒で亜蘭に会ってるのかもしれないよ」

それは娘への笹山の皮肉だった。それ以上の意味はなかった。

「私とミカちゃんは親友だから隠し事はしないの」

瑠璃の顔に見知らぬ女の顔が浮いた。笹山の一言が幼い皮膚の下からそれを呼び出しでもしたかのように。

「ミカちゃん、あとでお話ししようね」

瑠璃は人形の頰に軽く口づけをし、父親に背を向けた。瑠璃はミカちゃんをクッションの上に寝かせ服を脱がせた。人形はドレスからパジャマに着替えさせられた。瑠璃の目が笹山をちらりと見上げた。それは退出を促したはずの召使いがまだ部屋を出ていないことに気づいた女主人のような尊大な視線だった。

笹山は廊下を歩きながら着せ替え人形に事情を聞くには自分もパイロットの制服を着なければならないのだろうかと思った。金髪のかつらをかぶり、皮膚を合成樹脂で成形し、眼球はブルーのガラスに入れ替える。

そうしたらミカちゃんはこの事件の真相を語ってくれるだろうか。

エンジン音が聞こえた。笹山は窓から外を覗いた。幼稚園の送迎バスが停車し、先生に手を引かれた将が降りて来た。笹山は息子を尋問せずにすむことを安堵した。彼には幼稚園にいたという鉄壁のアリバイがある。

亜蘭の家族は庭に埋葬した。

笹山家の令嬢ミカちゃんは不安定な心の状態が続いている。突然笑い出したり、泣き出したり、物を投げつけたり、一日のうちで何回も気分が変わる——。これは恵子を通じて笹山の耳に入ってきたものだ。そしてそれは瑠璃から恵子に伝えられたミカちゃんの近況であった。

笹山は瑠璃のいないときに彼女の部屋に入ってみた。着せ替え人形は窓辺に立っていた。「置かれて」いるのではない。それは自分の意思で立っているのだと笹山には思えた。彼女は空を見上げていた。この季節には似合わない厚い雲が巨大な渦を巻いて天上のドームを覆っている。灰色のベールは少しずつ不定形に動き、幾つもの文様を見せつけたあと妖婦の姿になって窓辺の娘に手招きをした。

笹山は身を硬くして人形の後ろ姿を見ていた。彼の爪先は前に進めなかった。彼女の背中がそれ以上の彼の接近を拒んでいたのだ。


亜蘭は帰って来なかった。

笹山はバスの座席から見慣れた町の夕景を眺めている。ショーウインドーの首のないマネキンが窓の外を流れて行く。

人体の形状を有する玩具——人形には安らぎを妨害する邪悪が潜んでいるのだろうか。そもそも、「ニンギョウ」「ヒトカタ」などという言葉が不吉である。ヒトがヒトの外形を認知したのは、我以外のヒトと初めて対面した瞬間であろう。嗅覚と触覚だけで十分だったのに。神が人類に視覚を与えていなければ世界は闇という造形ひとつで成立していたのだ。大人は闇の中で闇の形をした相手とコミュニケーションをとり、子供は闇の中で闇の姿をした「何か柔らかなもの」と遊んでいればよかった。平和は続いていただろう。ヒトの形が露《あら》わになってさえいなければ。

馬鹿馬鹿しい。笹山は膝に抱えた包みに目を落とした。馬鹿臭いものはその中に入っている。彼は熊のぬいぐるみを買ってしまったのである。車両の振動が後頭部に響いた。埒《らち》もない。彼は発作的に脳裏に描いたのだ。ヒト以外の形をしたぬいぐるみが魔除けになるなんて――。

　バスの停留所から自宅まで居眠りをしながらでもたどり着ける距離だ。笹山は帰るのが億劫だった。このまま踵《きびす》を返して酔客と嬌声の街に舞い戻ろうか。ぬいぐるみの態はきらきらドレスの女の子達の頭上に放り投げてしまおうか。笹山の足は心の迷いに反してまだ家に向かっていた。そして、すぐに彼はそのことに感謝した。家が見えてきた。日常の景色に違和感がある。笹山の足が速まった。門扉が開け放たれていた。玄関のドアも開いたままだ。

「恵子」

　笹山は妻の名を呼んだ。門前の様相は彼女があわてふためいて家を飛び出して行ったことを物語っていた。笹山はあたりを見回すばかりである。駆け出す方向が定まらない。そのとき、道路の向こう側に女の姿が見えた。恵子だった。

「あなた」

　恵子は笹山に気づくと、ろくに左右も確認しないまま小走りに道路を渡って来た。交通量の少なくないその道を。笹山の顔から血の気が引いた。

「瑠璃がいないの」

　恵子の目は焦点を失っていた。瑠璃がいつ家を出て行ったのかわからない。夕餉時になっても二階から降りて来ないので恵子が呼びに行くと娘の姿がなかった。まだ深夜というわけではない。日が暮れかけても外で遊んでいる子供もいる。しかし、今、笹山家の家族は皮膚が赤剝けになった草食動物のようなものだ。わずかな刺激にも悲鳴を上げ跳《と》び退《すさ》るのだ。

笹山は瑠璃の友達の家に片端から電話をかけた。瑠璃はどの家にも姿を見せていなかった。娘の幼い友人達は瑠璃の立ち寄りそうな場所を教えてくれた。

ペットショップ、パンケーキの店、坂の上の菖蒲園、文房具店。八歳の娘の行動範囲は広いのか狭いのか、笹山は自分の娘が家庭の外でどんな風景に取り巻かれて生きているのか考えもしなかった自分に気がついた。

笹山が駆け出し、あとから恵子が続いた。

古い製氷会社の倉庫を改造したパンケーキ店の入り口は子供を飲み込んだ怪物の口に見えた。瑠璃が一人で店に入るはずはないが笹山はドアを開けた。家族連れが一組。瑠璃の姿はない。ペットショップの貧弱な看板が揺れていた。笹山は店内に駆け込み一巡りしてすぐに飛び出した。彼は子犬や子猫の入ったケージの中まで覗いたのだ。

「菖蒲園は探したか？」

笹山の問いかけに恵子は首を振った。小山の中腹にある菖蒲園までは急な上り坂が続いている。ゆっくり歩いても息が切れるほどだが、笹山と恵子は肺機能の限界を忘れて駆け上がった。暮れ残るその場所に人気《ひとけ》はなかった。

池を囲んで植えられた菖蒲は五月の開花を待って眠ったままだ。水音がした。笹山は池畔から濁った水に目を凝らした。灰色の魚影が水面をかすめる。広がる水輪が笹山の焦燥をかきたてた。

菖蒲園からの戻り道は別の下り坂をたどった。坂道の滑り止めの溝が目くらましのように笹山の視界に迫《せ》り上がっては後方に消えて行く。片側の茂みから突き出た枝が子供の腕に見え、笹山をぎくりとさせた。若い男女が坂を上って来る。このあたりでは見かけない顔だ。男は大きなボストンバッグを肩に下げていた。子供の体ならすっぽりと納まってしまう大型バッグ。男の三白眼が笹山を見た。笹山は男女とすれ違ったあとも振り返って彼等の後ろ姿を目で追った。笹山は追いかけて男を押し倒し、ボストンバッグの中身を改めたい衝動にかられた。笹山の足はもつれながら坂を下った。

坂が途切れ住宅地へ続く道路に入ると電話線の架け替え工事らしい光景が目に入った。黄色いヘルメット、薄いブルーの作業服の男達が、通行人に気を配りながらきびきびとした動きで一日の終わりの作業を急いでいた。

それは笹山に別の土木工事のイメージをもたらした。

堤防。町を横切る川の堤。護岸の一部に法面《のりめん》の急勾配の箇所があり、住人が周囲に特別の柵などを設けるよう役所に申請しているがなかなか埒が明かない。その場所は遠くない。八歳の女の子の足でも行ける距離にある。

「川へ行ってみよう」

笹山は恵子を促した。彼は川に転落する瑠璃の姿を想像したのである。

大通りを越え、銭湯とコインランドリーの裏手に回れば川に沿った狭い通路に出る。地元住人の、それも限られた者しか使うことのない裏道。笹山夫妻は死んだ血管の中を伝う二匹の蟻のように進んだ。

片側は胸ほどの高さのコンクリートの壁で、その外側は川だ。緩やかな斜面の下方、川床にはほとんど流れはない。それは川というより水路と呼称を変えるべき景観だった。

笹山と妻は下流に向かって足を早めた。

無骨な鋼材を三角形に組み合わせたトラス橋が見えてきた。橋は渡らない。橋の袂から向こうの袂へ横断する。その先が危険箇所、法面が急激に落ち込んだ崖のような場所だ。

道路を越えるとそれが見えた。日没前の薄闇の中に白い羽毛のようなものが浮いている。羽毛は子供の姿に変わった。瑠璃が立っていた。瑠璃は白いふかふかのコートを着て川を見ていた。凍てついた空気が一挙に溶けた。

笹山夫妻は娘を見つけることができたのである。恵子は駆け寄って瑠璃を抱きしめたが、笹山はその歓喜の儀式に参加できなかった。

彼は娘の姿を求めている間中取り込めなかったすべての酸素を取り戻すように荒い呼

吸を続けるだけだった。

瑠璃の腕にはミカちゃんが抱かれていた。

瑠璃は父親と視線を合わせた。

「ミカちゃんが川を見たいって言うから一緒に来たのよ。この子は前からここに来たがってたの」

瑠璃は人形の髪をなでて頬ずりした。人形も瑠璃の言葉に合わせてうなずいたかに見えた。笹山はぎくしゃくした動作で数歩前に出て、そこで足を止めた。八歳の娘と着せ替え人形の、男を排斥する強烈な磁場が笹山の動きを制御したのだ。笹山が瑠璃の部屋で窓辺に立つミカちゃんを見たあのときのように。

その夜、瑠璃の部屋からは遅くまで物音がした。彼女は寝つけないようだった。恵子が様子を見に行くと、

「ミカちゃんが眠れないって言うから私もつきあってるの」

と瑠璃は母親に説明した。笹山の意識も覚醒していた。睡眠導入剤をいつもの倍の量飲んだのだけれど頭の一点がぼんやりとするだけで眠りに落ちていかない。

「ぼくのスーパージャイロラダーがない」

将のわめく声を聞いたような気がするが、笹山は無視して布団をかぶった。

「ぼくの消防車が」

どこかでまた将の声がした。笹山は寝床の中で体を丸めて耳をふさいだ。

恵子がダンスサークルで親しくしている近所の主婦が笹山家の玄関口に立ったのは日曜日の昼のことだった。彼女は大きい玩具の消防自動車を抱えていた。主婦の横で半べそをかいているのは将だった。顔に擦り傷がついていた。

「川の崖から将ちゃんが落ちたんですよ。この玩具を拾おうとしたんですって」

主婦の言う崖とはあの川の斜面のことだった。瑠璃がミカちゃんを抱いて立っていた切り立った護岸。将が落ちたのは急勾配の危険箇所ではなく、そこから少しずれた緩やかな傾斜面だったようだ。川にはほとんど水がないから、転がり落ちたショックだけで将の傷は軽いものだった。

恵子はダンス仲間を家に上げてお茶の接待をしようとしたが、相手はそれを固辞して帰って行った。

将の梯子車スーパージャイロラダーは激しく破損していた。ビルの屋上にまで届く梯子ははずれかかり、運転席の半分が圧縮したように潰れていた。ブリキの玩具ならともかく、プラスチック製品がここまで破損するのはよほどの衝撃が加わったものと思われる。笹山の目が一点に止まった。潰れた運転席から布地がはみ出ていた。それは笹山にも見覚えのある色の布地だった。変形した運転席をこじ開け汚れた布の塊を引き出した。

笹山の喉仏がごくりと動いた。それは着せ替え人形のミカちゃんだった。頭部はひしゃげ、体は奇妙な形に折れ曲がっている。腹部が裂けて中の詰め物が内臓のようにはみ出していた。笹山の背後で床の振動があった。恵子が尻餅をついたのだ。彼女は腰が抜けたのである。恵子は体をよじるようにして笹山のそばに這い寄った。

「あなた、それ……？」

恵子の指先はミカちゃんの裂けたドレスを差していた。ドレスの下から紙片がのぞいていた。それは折りたたんだ便箋だった。

笹山は便箋を広げた。大人の字ではないが几帳面な横書きの文字が並んでいた。文字を追う笹山の顔が名状しがたい色に変わっていった。

笹山家のみな様へ

わたしは愛する人を殺しました。その人はあらんです。彼がわたしをうらぎったからです。彼はわたしとつきあいながら内しょで、るりちゃんともつきあっていたのです。彼はわたしを愛しているふりをして、るりちゃんのほうを愛していました。わたしはベッドで二人が抱きあうのをこの目で見ました。あらんがわたしを抱いたあの同じベッドです。

二人はたわむれながらわたしのことを笑いものにしていました。あらんとるりちゃんは結婚するそうです。パリへ新婚旅行するそうです。わたしはあらんをゆるせないきもちになりました。わたしはあらんにすいみん薬入りのワインを飲ませ、るりちゃんのパパのゴルフクラブで彼のあたまをなぐって殺しました。死体は公園のトイレの裏にうめました。なるべく早く見つけてあげてください――

便箋に綴られていたのはミカちゃんの犯行の告白であり、遺書だった。文はまだ続いていた。

――わたしはあらんの家族も殺しました。

じつをいいますと、わたしはあらんのパパとも関係がありました。あるとき、あらんのパパに呼ばれて家に行くと家族の姿はなく、待っていたのはパパだけでした。あらんのパパはわたしを誘惑しました。わたしがきょぜつすると彼はものすごい力でわたしにのしかかってきました。わたしは抵抗するすべもなくレイプされました。でも、ちょっとだけ告白します。わたしはあらんのパパにひそかにあこがれていたのです。犯されたことはショックでしたが、わたしのなかにもうひとつのよろこびが生まれました。それは禁断の恋でした。男をきょひするわたしとうけいれるわたしがあらそっていました。わたしとあらんのパパの関係はそのごも続きました。いけないことだと思いつつわたしの足は彼の待つ部屋へむいてしまうのです――

彼女は罪悪感に苛まれながら中年男との性愛を断ち切ることができなかった。亜蘭はミカちゃんを裏切った。ミカちゃんもまた亜蘭に不実であったといえる。たとえその始まりが男の暴力であったとしても。亜蘭殺害に至る心の動きをミカちゃんはこう書きとめている。

――わたしは悪い女です。でも、わたしがほんとうに愛していたのはあらんです。かれを愛していたからこそにくしみも大きいのです。あらんいがいの男性の愛におぼれながらあらんの裏切りだけをせめるわたしは身勝手でしょうか。そうはおもいません。わたしは純粋な愛をあらんにささげました。あらんにはわたしへの純粋な愛がありませんでした――

彼女は恋人を殺し、彼の家に火をつけ家族全員を焼き殺した。彼女はその犯行をこう表現している。

――あらんのパパとはふりんの清算、あらんのママはわたしを「腐れ女」とののしりました。あんな女にぶじょくされるおぼえはありません。ろくに料理も作れないくせに料理研究家としょうして世間をあざむいているヒステリー女を殺すのは正義というものです。

あらんの弟にうらみはありませんが、道連れにしました。るりちゃんも殺す予定でしたがこれまでお世話になったこともあるので仏ごころがでました。彼女だけはゆるします――

ミカちゃんは目的を達すると亜蘭とのドライブに使った思い出の車、梯子車スーパージャイロラダーに乗り込み猛スピードで崖へ突進した。

――わたしはこれから罪をつぐないます。車にのってがけから落ちて死ぬのです。わたしの身勝手な行動をおゆるしください。せけんをおさわがせしたことをおわびします。みなさま永遠にさようなら。

ミカ

笹山は自分の役どころに迷っている。事故現場を検証する捜査官か、ドールハウスの物語の構造分析者か。選択が無意味であることはわかっている。真理に至るには身長二十二センチの人間になるしかないのだから。

笹山はミカちゃんの遺書を恵子に手渡した。それから彼はミカちゃんの亡骸《なきがら》をタオルでくるみ、洋菓子の空き箱に入れた。急ごしらえのお棺である。将は消防車の残骸の前で腑抜けのように座り込んでいる。

「消防車が川に落ちていることをどうして知ったんだ」

笹山はしゃがみ込んで息子に尋ねた。

「お姉ちゃんが教えてくれた」

瑠璃は「将の消防車が川に捨ててあるって誰かが言ってたよ」とそんな風に弟に告げたらしい。川に落ちた消防車を引き上げるのは将でなくてはならなかった。将が転げ落ちたのは計画者の計算外のことだったろうが。

笹山は息子の答えに納得した。

遺書を読み終えた恵子の吐息が聞こえた。

彼女は言葉を発するタイミングを捉えられず、何度も呼吸を整えた。

「これ……何」

最初の発声がそれだった。彼女は承知していながらその語を使わざるを得なかったのだ。

「何の冗談？　着せ替え人形が恋人を殴り殺し、彼の家に火をつけて家族を焼き殺した。

殺人、放火、死体遺棄——、一体、私達は何を見せられてるの？」

恵子の唇は半開きのままだ。

「女の起こした前代未聞の凶悪事件だよ。容疑者が生きていれば死刑はまぬがれなかったろう。けど、彼女は死んだ」

笹山の目も虚ろだった。

「おれ達はずっと瑠璃を見ていた。女の子の無邪気な人形遊びだと手放しで眺めてたわけじゃない。首をかしげることも多かった。瑠璃の行動には注意を払っていたつもりだった。でも、肝心なものを見過ごしてた。それがこの結果を生んだ。おれ達の責任だよ」

笹山は、本気でドールハウスの住人達の冥福を祈らねばならぬと考えている自分が奇妙に思えた。

愛くるしい着せ替え人形の心に潜む狂気、瀟洒な西洋館に渦巻く血も凍る愛憎劇——、週刊誌の見出し風活字が躍る。

「あんな可愛らしいお嬢さんが四人も殺すなんて。いつも外で会うと感じ良くご挨拶してくれましたよ。ええ、そんな大それたことをする人にはとても見えませんでした」

「亜蘭さんは国際線のパイロットで、世界的ロックスターでしょ。お住まいもあんなに立派で。イギリスの何とか様式っていう建築なんですってね。非の打ち所のないお幸せそうなご一家だったのに」

惨劇の起きた西洋館の隣人がリポーターのインタビューに答えて喋っている。

笹山は妄想を振り払った。

笹山はミカちゃんの遺書をもう一度広げてみた。瑠璃の字に似ているようでどこか違う。瑠璃は仲良しのミカちゃんの筆跡を密かに練習したのだろうか。

瑠璃はこの犯罪ストーリーを練り上げるために亜蘭の家族を欲し、模型の家を作ったのか。そうではない。瑠璃にもそれは予測できなかったことなのだ。家族が加わり、一つ屋根の下の生活が始まり、ミカちゃんを含めた人形達の相関風景に変貌が生じ、感情の密度が変わっていった。憎しみや妬《ねた》みの心が膨れ上がりそれが拡散されていったことに瑠璃自身戸惑ったのではないか。笹山には瑠璃の体が縮小されていくのが見える。着せ替え人形に変身した彼女の姿はどうであったろう。笹山には不幸なイメージしか浮かばない。瑠璃は完璧な着せ替え人形として作られたミカちゃんの天真爛漫さや美しさにはおよばないのだ。彼女はミカちゃんと友達になり、一緒に散歩や買い物に出かけた。表面上は仲良しでも、ミカちゃんと過ごす一時《ひととき》を劣等感に悩まされ続けねばならないのは女の子として耐えがたいことであったろう。それでも瑠璃は自分の心の内を隠してミカちゃんと友情を紡いだ。亜蘭や亜蘭の家族とも交流した。笹山と恵子の目には見えない危ういパラダイスがここにあった。

国際線のパイロットでありロックスターである亜蘭に瑠璃は恋をした。二人の仲は進展し、瑠璃は亜蘭に抱かれた。甘い一夜に彼女は陶酔したことだろう。しかし、亜蘭はミカちゃんとも関係していた。ある日、瑠璃は目撃する。ベッドで戯れる亜蘭とミカちゃんの姿を。笹山が瑠璃の部屋で目撃したあの夜の光景だ。

二人は瑠璃を嘲笑っていた。「あの女、厚かましいったらありゃしない。あの顔でぼくと結婚できると思ってるんだから」「私もあの子が遊びに来るとぞっとするのよ」亜蘭とミカちゃんの瑠璃を貶《おとし》める言葉は続いた。

瑠璃の怒りは爆発した。彼女は亜蘭とミカちゃんの殺害を決意する。

「瑠璃は殺人計画を立てた。そして、自分に疑いのかからない殺害方法を考えた」

恵子は冷めた表情で笹山の顔を見ている。

彼女は夫から児童心理に分け入る解釈など聞かされたくなかった。自分で創造した愛の世界で妄執に囚われて殺人を犯し、罪を逃れるために策略をめぐらせる——？　恵子には心の分裂した娘の姿は現実的ではなかった。

恵子は瑠璃の人形遊びは外界——家族に向けての悪戯、遊戯だったのではないかと思える。母親としては娘の想像力が溢れすぎた末の思わぬ顚末であることのほうを重視したい。

「精神の建て直しが必要なのは瑠璃よりも私達のほうかも知れない。子供が変わった行動をとるとすぐに病的な方向に解釈する。現代の悪しき習慣だわ。大人がもっと余裕を持って対処していれば」

恵子は充血した目を伏せた。彼女は幼い娘の言動に過敏に反応しすぎた自分を責めているようだった。

「おれだって迷ってるよ。このことを楽観すればいいのか、深刻に考えるべきなのか。ただ、おれ達は瑠璃の視点まで降りて行って風景の中に立つ必要がある。『巨人』には見えない何かを観るためにね」

笹山は続けた。

「瑠璃は遺書を偽装して、ミカちゃんが亜蘭と彼の家族を殺し、自殺したように見せかけた。瑠璃はミカちゃんの言葉を借りて自分の心情を遺書の中で訴えたんだ。文面に亜蘭がミカちゃんより瑠璃を愛していたという件《くだり》があるけど、あれは瑠璃の女のプライドだね。ミカちゃんと亜蘭のパパの不倫は、遺書に信憑性を持たせるために偽装者である真犯人の瑠璃が加えたさらなる演出というわけだ。おれもミカちゃんと亜蘭のパパの逢い引きの場面を何度か見たけど、それも第三者に目撃させるための瑠璃の工作だったんだね」

瑠璃が行方不明になった夕暮れ、笹山と恵子は振り回され、パニックを味わった。この念の入った殺人鬼はミカちゃんの犯行を印象づけるため両親をわざわざ堤防へ誘い出したのではないだろうか。消防車を転落させる予定のあの現場へ。

「瑠璃は犯罪ストーリーを創作して楽しむ『黒い神』なのよ。あの子、お話の伏線を計算して私達に見せつけたり聞かせたりしたんだわ。ほら、天才的犯罪者が名探偵に挑戦状を突きつけるみたいに」

「瑠璃は物語を司《つかさど》る黒い神じゃない。あの子は神の視点ではなく神に見下ろされる側にいたんだ。遺書を使った偽装工作は彼女が着せ替え人形そのものになっていたことの証だよ」

「瑠璃を精神科へ連れて行ってそこのところをはっきりさせる？　瑠璃の中に何人の人格があるかとか。殺人、放火、死体遺棄、このままあの子が大きくなったらどんな怪物になるかわからない、今のうちに手を打っておく？」

恵子の目が一点に据えられた。彼女は心の内にあるものと心の外にあるものの境で体をこわばらせていた。

「いや」

笹山は首を振った。彼の瞼《まぶた》に焼失する前のドールハウスが浮かんでいる。館の窓が一斉に開いて五人の人形達が顔を見せる。亜蘭、パパ、ママ、弟、ミカちゃん。

人形のコーラスが流れた。

子供時代の　短いひとときを
小さな美しい世界で　すごしましょう
この世で見るもの　聞くもの　触れるもの
みんな　ドールハウスの中にある
愛も　悲しみも　怒りも　おかしさも
縮んで　縮んで
あなたのもとに　届く

合唱で際立っていたのは誰の声だろう。笹山は残響を手繰《たぐ》った。彼は長い間をおいて言葉を口にした。
「今般の、我が家の娘の暴走に関しては不条理とユーモアを重んじる笹山家の血を信じたい」

亜蘭の遺体はミカちゃんの遺書どおりに公園のトイレの裏で見つかった。遺体はスーパーの買い物袋にくるまれ、ビニール紐で巻かれていた。ミカちゃんの告白にあったようにその頭部は叩き潰されていた。ちぎれた金髪にブルーの眼球が絡みついているのが、国際線の機長でロックスターだったドン・ファンの無念を象徴していた。

ミカちゃんと亜蘭の遺体に対面した瑠璃は身じろぎもせずにそこに立っていた。それから崩れるように膝を折り、遺体に取りすがって号泣した。それは二人の死についての審問などよせつけぬ迫真の演技だった。

亜蘭とミカちゃんの遺体は亜蘭の家族が眠る庭の墓地に葬った。笹山家全員がそろって葬儀を行った。

「加害者と被害者が同じ場所で眠るのね。こういうのって『和解』って言うんでしょ」

喪服に身を包んだ五人殺しのモンスターは、遺体を前に泣き伏したときの彼女とは別人だった。

彼女は屈託のない笑みを父親に向けた。

笹山はとまどいつつその表情を受け止めた。着せ替え人形としては完璧ではないかもしれないが、現実の八歳の娘は将来平均以上の容姿を得られる可能性のある顔立ちにも思える。

瑠璃の言動は変わらない。後ろ暗さの気配もなく年齢相応の少女らしい日常を過ごしているようだ。ドールハウスと人形に関する話は出ない。笹山も持ち出さないし、瑠璃も何も言わない。そもそも、彼女は着せ替え人形に興味を示さなくなった。書棚に何冊か残る着せ替え人形の図鑑も開かれる気配はない。

心の中のある箇所を閉ざしているようにも感じるが、よくわからない。相手は女だ。

なお謎である。

　将は消防車の修復に取り組んでいる。五歳の子供にひしゃげたプラスチック製の玩具の再生は荷が重過ぎるように思われるが、粘り強く弄《いじ》くり回している。笹山は長男の意外な面を発見した思いだった。

　笹山の書斎にはゴルフのクラブケースが立てかけてある。中に納めたクラブのうちの一本はあの「犯行」に使用されたクラブだ。ミカちゃんの遺書を読んだ日、部屋へ行って確認した。クラブケースから取り出したアイアンにはヘッドの打撃面に亜麻色と金色の髪の毛がこびりついていた。ミカちゃんの頭がひしゃげていたのは転落事故の際に出来た傷ではなくこのクラブの殴打によるものだったのだ。そして、かすかな樹脂も張りつくように痕跡を残していた。鉄製のクラブヘッドは男女二名の頭と消防自動車を叩き潰す絶大な破壊力を発揮したのである。

　笹山家に着せ替え人形が復活することはなかった。だが、一度だけあの事件が語られたことがある。それは不穏な空気を伴って笹山の神経に響いた。梅雨寒の日が続いていた。

　笹山家の台所は夕餉の支度に忙しかった。人参の赤、玉葱の白、セロリの緑、雌鶏一羽分のボリューム、ニンニクとコニャックとバター。色彩と肉塊と香気が瑠璃の心の奥に隠れた悪戯好きの妖精を呼び出したのかもしれない。

瑠璃は恵子の十八番《おはこ》料理「雌鶏のポトフ」作りを手伝いながら口走ったのである。

「パパが真犯人」

亜蘭とミカちゃんを殺し、亜蘭の家に放火したのは笹山だというのである。

「パパは私を亜蘭に取られたくなくて彼と家族を殺したのよ。ミカちゃんは巻き添えになったの」

キッチンにおける母と娘の掛け合いだから、鶏の詰め物にする豚の肩ロース肉や生ハムやベーコンの脂にまみれて殺人の話は姦《かしま》しさの中に昇華してしまったらしい。瑠璃の口調は友人の噂話でもするような気楽さだったし、恵子にとってもそれは女同士のお喋りの一環にすぎなかった。王子様の失踪はリアルさを欠いた過去の出来事になっていたのである。

笹山はキッチンを覗いたことを後悔した。治まっていた悪寒がぶり返し、立っているのが苦痛になった。笹山のことを気にもとめない妻と娘の態度にも腹が立った。彼は食卓につくのをやめ、缶ビールを持って二階に上がった。子供部屋のドアが開いていて、消防車の復元に挑む将の姿が見えた。原形をとどめぬスクラップだったものが元の形に近づきつつある。笹山は立ち止まり、少し考えてから苦笑した。ビールの相手をさせるには彼はまだ若すぎる。

十六世紀のフランス王、アンリ四世も好んだという家庭料理「雌鶏のポトフ」を笹山は独りで食べた。鶏肉がブーケガルニやクローブの香りをまとって胃袋に落ちて来た。

「お代わりを持って行きましょうか」

恵子が階段の下から声を張り上げている。

笹山にはその声が「殺人、放火、死体遺棄……」と言っているように聞こえた。笹山は無視した。声はもう一度上がった。笹山はそれに応える代わりに窓の向こうの闇空に向かって嘯《うそぶ》いた。

「おれが人を殺して車で自殺するなら、消防車なんかに乗るもんか」

キャロル叔母さん

The prince disappears
yamagami tatsuhiko

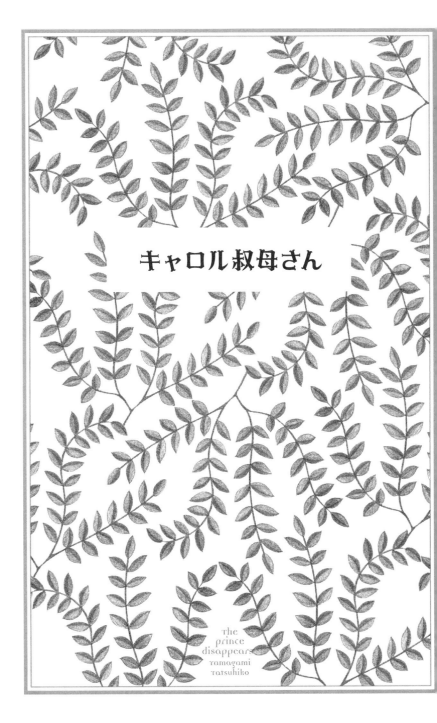

キャロル叔母さんの話をしよう。

ぼくの母の妹だ。

キャロルといっても、れっきとした日本人である。ぼくが勝手にそう呼んでいる。まだ小学校に上がる前だったと思う。新聞に折り込まれたスーパーのチラシに「キャロルおばさんのお料理一口メモ」という小さなコーナーがあって、キャロルおばさんのイラストが添えてあった。叔母さんの顔はそのイラストにそっくりだったのだ。チラシのキャロルおばさんは人間ではなかった。栗鼠《りす》だった。といって母の妹が栗鼠に似ているというのではない。でも、お料理一口メモを伝えてくれる栗鼠のキャロルおばさんはぼくの叔母さんに瓜二つだったのだ。

ぼくはキャロル叔母さんが好きだった。

何というか、汲めどもつきない興味をかき立ててくれる、中から何が飛び出して来るかわからないびっくり箱のような人だった。

当時、美術館の学芸員をしていた叔母さんはぼくの家によく遊びに来た。勤務先の美術館がぼくの家と同じ沿線の一駅向こうだったということもあるけれど、母とは仲の良い姉妹だったのだ。ぼくの父も妻の妹を気に入っていたから、独身のキャロル叔母さんにとって我が家はこの上なく居心地のいい場所だったということになる。

叔母さんが来た日は食卓がにぎわった。

ワインやシャンパンが並び、舌平目のノルマンディー風だの、海老と帆立貝のパイ仕立てだの、子羊腿肉の七時間煮込みだの、母が日頃作らない料理を張り切って出すので晩餐会は夜遅くまで盛り上がった。ぼくはそんな風景を見ているだけで幸福だったが、ぼくの真の愉しみはそのあとにあるのだった。

叔母さんは遊びに来た日、たいていぼくの家に泊まった。ぼくは叔母さんのベッドにもぐり込んだ。叔母さんの「お話」を聞くためである。キャロル叔母さんは童話を語り聞かせる名手だったのだ。

「ヘンゼルとグレーテル」「親指姫」「人魚姫」「マッチ売りの少女」「赤ずきん」、アンデルセンやグリム兄弟の名作をぼくは叔母さんから語り聞かされて育った。

キャロル叔母さんの語り口は巧みだった。

登場人物の声を使い分け、擬声語はユーモラスで、おどろおどろしく、その体からはまるで音楽のような効果音までが響いてくるのだ。演技力といったらプロの俳優顔負けで、彼女がその道を目指していたとしたらきっと大女優になっていたに違いない。叔母さんの声が流れ出すとぼくは一瞬にして物語の世界に引き込まれた。

これはずっとあとになってから知ったのだけれど、叔母さんの話は原作そのままではなかった。彼女独特の脚色とひねりがあって、それは「キャロル叔母さんの半創作童話」とでも言うべきものだった。

グリム童話の「ヘンゼルとグレーテル」にはお菓子の家が出てくる。屋根はチョコレートケーキ、壁はビスケット、窓は白い砂糖菓子で出来ている。森で迷ったヘンゼルとグレーテルはお菓子の家を見つけ、夢中になってそれを食べるのだけれど、キャロル叔母さんのお話の中では、生クリームが腐っていてグレーテルがお腹をこわしたり、ビスケットの壁が崩れて二人が下敷きになったり、砂糖菓子のささくれが足に刺さってヘンゼルの足が腫れ上がったりするのだ。

お菓子の家は実は魔女の家で、それは子供をおびき寄せるための罠なのである。魔女は子供の肉が大好物でシチューにして食べてしまうのだ。グリム童話では魔女はグレーテルのとっさの機転で竈《かまど》に押し込められて焼け死んでしまうのだが、叔母さんの話では魔女は竈の中で炎の怪物と化し、煙突から吹き出てヘンゼルとグレーテルを再び襲う。兄妹は裏口から脱出する。ヘンゼルとグレーテルが炎の魔女に追われ森を駆けて行くと大きな池がある。とろりとしたコーンポタージュスープの池だ。

そこには体が厚切りのトーストで出来た鰐が棲んでいる。背中に網目状の切れ目を入れ、こんがりと焼いて鱗の模様を浮き上がらせたパンの鰐だ。鰐は魔女を恨んでいた。背中に塗るバターを魔女に取り上げられ、代わりに、唐辛子の液をかけられたことがあるからだ。鰐は魔女から逃れて来たヘンゼルとグレーテルの味方になる。炎の大鳥になった魔女が迫る。鰐はポタージュの池深く潜り、体を回転させて渦巻きを作る。ポタージュの渦はうねりを上げ空へと盛り上がり、空中の魔女の体を搦め捕ってしまう。かつて魔女に手酷《てひど》い目にあった鰐の秘策だった。粘っこいコーンポタージュスープに全身の自由を奪われた魔女は池に引き込まれ溺れて死んでしまう。

魔女は退治したが、ヘンゼルとグレーテルの悲しみは去らない。兄妹が家を追い出され、森で迷ったのは継母《ままはは》のたくらみによるものだった。トーストの鰐は不幸せな兄妹にいたく同情する。

「わしにまかせておけ」

鰐は兄妹と連れ立って二人の家へ行き、悪い継母を大きな口でぱくりと食べてしまうのだ。

ヘンゼルとグレーテルの父親は、腹黒い新妻の口車に乗せられ二人の子供を森に追いやったことをひどく後悔していた。ヘンゼルとグレーテルがいなくなったあと新しい妻は正体を現し、夫にも辛く当たったので彼は打ちひしがれていた。だから、突然現れたトーストの鰐が妻を一飲みにしたとき、驚きはしたものの悲しみはなかった。

父親は子供の命の恩人である鰐にお礼としてバターを一樽贈呈した。鰐は樽を担いで大喜びで帰って行った。ヘンゼルとグレーテルに幸せな日々が戻ってきた。その後、父親は二度と新しい妻を娶ることはなかった——。

キャロル叔母さんからこのお話を聞いたとき、ぼくはごちそうをたらふく詰め込んだあとだったのに、背中にたっぷりとバターを載せた厚切りトーストの鰐と、黄色いポタージュスープの池のイメージに生唾を飲み込んだものである。

実際のグリム童話にはトーストの鰐は登場しない。

ぼくがのちに原作を読んだとき、ポタージュの池も、こんがり焼けたパンの鰐も出て来ないので、このグリム童話は間違っているんじゃないかと思ったものだ。

厚切りトーストの鰐はぼくのお気に入りのキャラクターとなって心の中に住み着いた。

当時、住宅街の外れにあった「エミール」という洋菓子店がぼくの探索地図の最重要地点になったのもトーストの鰐のお導きかもしれない。昭和の初め頃建てられた廃屋に近い洋風住宅を若い夫婦が買い取ってケーキと焼き菓子を作り始めた。冷たい印象の夫婦で接客態度も見た目のとおりであったが、洗練された菓子職人の技が客を呼んだ。

ぼくもよくケーキを買いに行かされた。「エミール」は子供が足を踏み入れて楽しい店ではなかった。それでもぼくが母の言いつけ通りにお使いをしたのは店の探索という目的があったからである。売り場にはお婆さんがいた。たぶん店主の母親――、いや、そのまた母親ぐらい年をとっていたかもしれない。

この老女が憎々しいといったらなかった。

「ケーキを買うときはね、右から三列目の苺のショートケーキを二つ下さいとか、一番左端の上から何段目のババロアを三つ下さいとか、具体的に言ってね。あれ下さい、これ下さい、じゃわからないのよ。私は年寄りなんだからね、目も耳も不自由なの。ちゃんと指を差して意思が伝わるようにしてね」

ぼくは普通に「このショートケーキ三つ下さい」と言っただけなのにこういう対応が返って来るのである。

「それから、お菓子の名前は正確に。大きな声で。口の奥でもごもご言ってちゃわからないのよ。口跡が大事なの。コウセキよ。あんたはまだ小さいからわからないでしょうけど、今のうちから心がけておかないとね」

お婆さんは間違ったことを言っているわけではなかった。しかし、険のある口調はぼくを萎縮させるだけだった。ぼくはこのお婆さんを一種の魔女だろうと思った。鼻も尖った鷲鼻ではなかったし、顎も胸元まで垂れ下がってはいなかったが、人間以外の何か別の生き物なのだと思った。

「エミール」の裏手に古池があった。魔女のお菓子屋さんに古池とくれば鰐だ。ぼくはトーストの鰐を探しに行く計画を立てた。一人では心細いので友達を二人誘った。古池はこんもりとした森に囲まれた大きな池で、離れて眺めると西洋館の「エミール」を岸辺に配した一幅の絵画のようだった。戦前の家の持ち主はイギリスの風景画に似た池の眺望を楽しんだのだろう。池の畔《ほとり》に朽ちかけたボートが舫《もや》ってあった。ぼく達はボートに乗り込んだ。用意してきた竹竿で水辺を突くとボートは滑るように岸を離れた。

「釣竿なんかいらないんだ」

友達の一人がタコ糸の先に鶏肉をくくりつけた仕掛けを振り回して見せた。本当は蛙の皮をひん剝いて餌にするのが一番いいらしいが、蛙の発生する季節ではなかったし、ぼく達は蛙の生皮を剝がして釣りの餌にする豪胆さはもっていなかった。古池には怪物が棲んでいるという噂があった。ぼくが鰐を想像したのはあながち妄想ではない。友達が餌を投げ込むとすぐに反応があった。タコ糸はぐんと水中に引き込まれた。

「鰐だ」

ぼくの叫び声は友達の耳には届かなかったろう。友達は池の底に引きずり込まれまいと必死だったから。釣り上げたのは蛇と鯰をかけ合わせたようなグロテスクな魚だった。胴回りはプロレスラーの腕ほどもあり、体長は五十センチを超えていただろう。子供のぼく達には鮫でも釣り上げたような興奮があった。ボートの中で跳ね回るそいつの周りで三人はきゃあきゃあ騒いでいたけれど、やがて緊急事態が起きていることに気づいた。

ボートに水が浸入して来たのだ。ぼくは岸を目指して必死に竹竿を操った。

ボートを蘆《あし》の茂みに寄せたときには船体は半ば水没していた。ぼくと友達二人は荒い息が治まるまで皮を剝がれた蛙みたいに無様な姿で草の上に横たわっていた。釣り上げた怪物が逃げたことも知らぬまま。

釣りそこねた獲物が雷魚という魚であることをその夜ぼくは父から教えられた。雷魚が獰猛な肉食魚であること、元は食用として輸入された外来種であること、父の説明は熱を帯びていた。父も子供の頃雷魚釣りに熱中した時期があったらしい。郷里の鯉の養殖池で、何者かが投げ入れた一匹の雷魚のために鯉が全滅してしまった話におよんでその口振りは大仰になった。ぼくは父の話を聞き流していた。雷魚なんてどうでもよかった。厚切りトーストの鰐を捕獲しそこねたことがぼくには大問題だったのだ。

キャロル叔母さんが泊まりに来た日、ぼくは「エミール」の陰険なお婆さんの話をした。もちろん古池の冒険譚も合わせて。

「『エミール』が魔女のケーキ屋さんなら、どこかに『厚切りトーストの鰐』を焼く正義のベーカリーがなきゃならないわね」

ぼくの話に耳を傾けたあとで叔母さんは言った。ぼくの心のもやもやがその一言で吹っ飛んだ。ぼくが何を欲しているかを理解してくれる人がここにいる。そうなんだ。トーストの鰐を探さなくちゃならない。

その週の土曜日、キャロル叔母さんと二人で出かけた。町中のパン屋を巡ったのだ。あのとき、叔母さんはぼくのために美術館の仕事を休んだのだろうか。叔母さんは気分が乗っていたな。

子供のぼくの足では追いつけないほど叔母さんは早足で歩いていた。広くもない町だったけれどパン屋の数は多かった。でも、個性的なパンを焼いている店は少なかった。どの店にもぼく達が対面したいと願うトーストの鰐はいなかった。叔母さんはターゲットを切り替えた。彼女はパイ生地で焼いた鰐を探し始めたのである。

「焼き上げたパイ生地の照りと色と質感は鰐の皮膚を表現するのにぴったりよ。どこかにあるかもしれない」

そんな独り言を言いながら叔母さんは棚に並んだパンを覗き込んでいた。生き物に似せたパンはあるにはある。けれど、どれも造形にパン職人の情熱がない。動物をかたどったパンは輪郭のぼやけた態だか象だかキリンだか判別もつかない代物ばかりだった。

ぼく達は高望みをしすぎたようだった。

「子供相手の造形はこんなものでいいというお座なりの意識があるのよ。子供をなめてたら承知しないわよね」

キャロル叔母さんは喰いちぎった「象パン」の胴体から垂れ落ちる赤いジャムを舐めながらライオンの声で唸った。

「ソウゾウリョクとウイットの欠落。デザインのソボクとチセツの区別もつかない文化の悲劇だわ」

ぼくには叔母さんのつぶやく言葉の意味がよくわからなかったけれど、何となくおかしかった。叔母さんの頭の中で三匹の鼠《ねずみ》がバゲットを齧りながらタップを踏んでいる場面を想像したからだ。

古池の捕獲作戦失敗に引き続き、パン屋の探検も成果は上がらなかったわけだけれど、まあ、二人で象四頭と熊二頭、それに動物十二種チョコレートチップ・クッキーを一箱平らげたのだから、文句をつけたわりには食欲旺盛のランチタイムを過ごせたということになる。

アンデルセンの「親指姫」もキャロル叔母さんの手にかかればピカレスク小説の様相を呈してくる。原作はチューリップの花びらから生まれた親指ほどの小さな娘が、次から次に降りかかる災難を切り抜け、最後に花の精の王妃となって幸せをつかむ物語である。

親指姫は小さく愛らしいので、求婚者が引きも切らない。醜い蟇蛙《ひきがえる》、粗暴な黄金虫、ビロードの毛皮を着た金満家の土竜《もぐら》。姫にとって身の毛もよだつ生き物が言い寄って来る。

いやらしい求婚者の手をかわしてきた親指姫だったが、土竜の紳士からは逃れられない状況に追いつめられる。土竜との結婚式が迫った秋の日、一羽の燕が飛んで来て親指姫を救い出してくれる。燕は以前怪我をして死にかけていたところを親指姫に助けられたことがあったのだ。

親指姫は燕の背中に乗り、森を越え海を渡り南の国へ行く。そこは親指姫と同じ小さな体をした花の精が暮らす美しい国だった。

金の冠をかぶり、花びらの椅子に座った王子様が姫にプロポーズをする。親指姫はようやく理想の相手と結ばれるのである。

キャロル叔母さんのお話では、素行の悪い親指姫が登場する。チューリップの花びらを蹴破って生まれて来るわ、育ての親を殴るわ、黄金虫の羽をちぎるわ、お世話になった野鼠のおばさんを行商に行かせ、自分はその上がりで遊んで暮らすわ、体の小さいのをいいことにやりたい放題。見かねた土竜の紳士が意見すると逆上した親指姫は土竜のトンネルを壊してしまう。土竜の穴には怪我をした燕が寝ていたが、親指姫は、

「私の言うことを聞かないとお前の首をちょん切ってしまうよ」

と燕を脅し、背中にまたがって無理やり南の国へ向かわせるのである。結末はどうだったろう。美しい花の精の国へ行っても親指姫の鬼畜の所業は収まらないという展開だったと思うが、よく思い出せない。南の国への旅の途中燕の背中に乗った親指姫が燕を

いたぶる場面はよく憶えている。親指姫は高熱でふらふらしながら飛んでいる燕の頭を小突いたり、頰っぺたを引っ張ったりするのである。

「ほら、しっかり飛ばないと鷹を呼んでお前を食べさせてしまうよ。私は鷹に乗り換えるだけでいいんだからね」

　このくだりを語る叔母さんの声色や仕種までが蘇ってくる。燕は可哀想だったけれど、ぼくは飛翔中の燕をいじめたりして墜落しないのだろうかと、そんなことばかりを心配していた。

　キャロル叔母さんから「人魚姫」の話を聞いたのはぼくが水族館に行った日のことだったと思う。父と母に連れられて行ったのか、学校の行事で行ったのか、どっちだったのだろう。大きな水槽に弱ったエイが沈んでいて飼育員が引き上げていた光景を思い出す。

　その日、泊まりに来た叔母さんにぼくが水族館の話をすると彼女の目が一瞬海の色になった。

「深い海のお話をしましょう」

「人魚姫」は、人間の世界に憧れ、人間の王子に恋をした人魚の悲恋物語である。人魚姫は魔女に頼んで人間の姿にしてもらい、王子に会いに行く。王子は美しい人魚姫を慈しみ、人魚姫も深い愛を王子に捧げるが、最後に王子が花嫁に選んだのは人間の姫君だった。人魚姫の思いは届かず、彼女は海の泡となって死んでいく。

ぼくはこの童話だけは叔母さんに聞かされる以前に知っていたような気がする。母に絵本を読んでもらったのか、テレビのアニメで観たのか定かではないが、ぼんやりとストーリーの認識はあった。だから、原作どおりではない叔母さんの「人魚姫」は衝撃だったのだ。

キャロル叔母さんのお話では王子様のほうが人魚姫に恋をして自分も人魚になりたいと願うのだ。王子は人魚の姿になるために魔女の棲家《すみか》を訪ねる。人間の姿を変える秘薬は魔女だけが調合することができるのだ。ところがその魔女は王子の父である国王にかつて冷酷な仕打ちを受けたことがあり、王族に恨みを持っていた。魔女は王子の依頼を承諾するが、そこには悪巧みがあった。王子は願いどおりに人魚の姿にしてもらう。しかし、それは美しい人魚王子ではなく、上半身が魚で下半身が毛むくじゃらの人間の男という世にも醜い姿だった。魔女の仕返しであった。

王子は浅ましい姿になった我が身に動転しつつも、一縷《いちる》の望みを抱いて海の底深く広がる人魚の王宮を訪れる。恐ろしい姿ではあるが、人魚であることには変わりがない。人魚姫には自分の愛を受け止めてもらえるかもしれないと期待したのである。その考えは甘かった。王子が王宮の門の前に立っただけで大騒ぎになった。

王子の姿は深海のどんな怪魚よりもおぞましいものであった。王様も王妃も腰を抜かし、人魚姫などは王子の姿を見るなり卒倒してしまうありさまである。宮殿の中は人魚達の悲鳴が飛び交い、上を下への大騒ぎとなった。警備兵が駆けつけ、王子に向けて一斉に矢を放った。

王子は人魚姫の婿として受け入れられるどころか、人魚王国に侵入したモンスターとして撃退されたのである。

王子は命からがら地上に戻って来る。彼は人魚姫の愛を得ることをあきらめた。王子は魔女の所へ行き、元の人間の姿に戻してくれと頼むが、三百年後でないと人間の姿に戻る儀式はできないと言われる。

しかも、三百年後の儀式を行うためには毎日自分の肉を削ぎ取り小魚どもに餌として与え続けねばならないというのだ。

そんな過酷な修行に耐えられる者がいるだろうか。

王子は絶望した。彼はかつて自分の王国であった町を彷徨《さまよ》った。上半身が魚で下半身が毛深い人間の男という外貌は、陸上で見るとなおさら不気味なものだった。体に絡みついた海草が腐り悪臭を放っていた。おまけに深海から急浮上したときの水圧の変化で王子の眼球は飛び出していた。道行く人は王子を見ると血相を変えて逃げ出した。犬までが尻尾を巻いて物陰に隠れた。城に戻っても両親に会うことは叶わなかった。門衛はこの未来の国王を足蹴にして追い払ったのである。人間界にも王子の居場所はなかった。

彼は再び海へ戻って行く。潮の香りは半魚人である王子の体を優しく包んだ。けれど彼は知っている。海の色が暗い緑色に変わる所まで潜ってはいけないことを。王子は漂う。水面すれすれの海中を。海と空の境を。

王城にも深海にも身の置き所がなく、月の夜、波間に異体を揺蕩《たゆた》わせる人魚王子を六歳のぼくはどんな風に思い描いていたのだろう。

叔母さんの語り口は平明でとてもわかりやすかった。物語にちりばめられた警句や諧《かい》謔《ぎゃく》といったむずかしい部分はともかく、子供なりの無邪気さでぼくはキャロル童話を受け入れた。

ぼくは話に引き込まれるにつれ、顔を火照らせ目を爛々《らんらん》と輝かせたはずだ。それは叔母さんにとって喜びであったろうが、ときに彼女は自作の怪奇幻想童話の出来栄えや、ぼくをハラハラどきどきさせる演出を忘れ、お話の途中で言葉を止めて独り言のようにつぶやくことがあった。

アンデルセンの「マッチ売りの少女」を語っているときがそうだった。

「児童相談所は何をしていたんだろうね」

叔母さんは言った。

「子供が息をしなくなるまで拷問されても、子供が真っ暗な部屋の中にミイラになるまで放っておかれても、子供が川に投げ込まれても、あの施設の人達は何もしない。みんな自己保身の塊だから出すぎたことをするのが怖いのよ。権限を与えられていないからという理由で目の前で死んでいく子供を黙って見てるのよ」

叔母さんは唇を嚙んだ。

「ジドウソウダンジョって何？」

ぼくは聞いた。

「あれはね、子供が死んだあと『そこまで事態が深刻だとは思わなかった』と、職員が雁首を並べて謝罪するために置かれた機関なの」

叔母さんは吐き捨てるように言った。

叔母さんの目から涙がこぼれ落ちたのをぼくは憶えている。

「マッチ売りの少女」は大晦日の雪の夜の物語である。みすぼらしいなりをしたマッチ売りの少女が街角に立っている。彼女の古びたエプロンの中には売れ残ったマッチがたくさん入っている。少女は裸足だった。帽子もかぶっていない。少女は寒さに耐えかねて路地の奥にうずくまる。寒気は容赦なく小さな体に襲いかかった。少女はマッチを一本抜き取って火をつける。火花の中に現れたのは赤々と燃える大きな鉄のストーブだった。少女は幻のストーブに手をかざし、しばしの暖をとる。マッチの火が燃えつきるとストーブも見えなくなる。少女は二本目のマッチをすった。マッチの火が照らし出したのは豪華なテーブルにのった御馳走だった。李《すもも》や林檎の詰めものをした鵞鳥《がちょう》の丸焼き、黄金色のスープ、ほかほかのパン。その御馳走もマッチの火と共にあっという間に消えてなくなる。少女が三本目のマッチをつけると美しく飾り立てられたクリスマスツリーが現れる。樅《もみ》の木の枝に点った無数の蠟燭《ろうそく》の光。それもすぐに見えなくなってしまう。少女がもう一度マッチをすると、この世でたった一人少女を可愛がってくれた死んだお祖母《ばあ》さんが立っていた。少女はお祖母さんの姿を見失いたくなかった。今度こそ。暖かいストーブやテーブルの御馳走やクリスマスツリーのようにかき消えてもらいたくなかった。少女は残ったマッチを全部束にして火をつける。マッチはとても明るく輝いてあたりを昼のように照らした。少女はお祖母さんの腕に抱かれて光と喜びの中を高く昇って行った。寒さも空腹も恐ろしいものも何もない神の御許へ。

新しい年の朝、雪の路上に凍えた少女の亡骸が横たわっていた。少女の体の周りには燃えつきたマッチが散らばっていた。街の人々は、「この子はマッチで暖まろうとしたんだね」と同情した。けれども、少女の口元に幸福そうな笑みが浮かんでいるそのわけを知る者は誰もいなかった。

美しく、悲しい物語だ。童話に哀れな話は数多くあるけれど、この「マッチ売りの少女」ほど涙を誘う話はないのではないか。ぼくも男の子の端くれのくせしておいおい泣いた。

「誰かがマッチ売りの女の子のことを少しでも気にかけてあげていたら、この子は死なずにすんだのよ」

　語り終えたキャロル叔母さんの顔はそれまで見たことがないほど暗かった。ぼくはこのとき、ふと、「叔母さんはもらい子なのじゃないかしら」と思ったのである。ほんの一瞬。

　叔母さんはもしかしたらとても気の毒な身の上の人なのかもしれない。小さい頃、孤児《みなしご》の暮らす施設にいて、母の家にもらわれることになった。今は幸せになったのだけれど――。

　翌朝にはぼくはそのことを忘れていたし、何かの拍子に叔母さんのあの夜の涙を思い出すことがあっても、それについて母に尋ねたりしなかった。ただ、この出来事はマッチ売りの少女が見た幻の光のように淡くぼくの心に残っている。

　叔母さんは母と顔も体つきも似ていなかった。お祖母ちゃんにもお祖父《じい》ちゃんにも似ていなかった。気性だってどこか我が家の気風からはずれていた。

　そんなこともぼくの妄想を誘った理由なのかもしれない。でも、それはどうでもいいことだ。母と叔母、仲のいい姉妹がいて、両親に愛され、義兄からも歓迎され、ぼくが独り占めしたくなる大好きなキャロル叔母さん。それで十分じゃないか。言うことはない。彼女のおかげで家族みんなが幸せだったのだから。

「マッチ売りの少女」には後日談のような出来事がある。

ぼくがあの悲しい物語を聞いてどれぐらいあとだったろう。

夏が終わり、庭の虫が少しずつ姿を消し始めた季節だったか。母と叔母さんがキッチンで話をしていた。

「あなたの家の近くで不思議な事件があったんだってね」

母が叔母さんに尋ねていた。それはちょっと謎めいた話だった。

小さなあばら家に三十代半ばの女と二人の女の子が住んでいた。少し前までは女の母親がいて、女が働きに出ている間子供の世話と家事をしていた。その母親が亡くなり親子三人の暮らしになったのだ。女には軽い知的障害があったようだ。彼女は障害にもかかわらず、清掃作業や色々なパートの仕事をかけ持ちして二人の子供を育てていた。無理がたたったのだろう、女が倒れた。貯えのない生活はたちまち困窮した。二人の娘は姉が六歳、妹が四歳だった。日々の食事も取れなくなり、二人の娘はみるみる痩せ細っていった。

見かねた近所の主婦が食事を届けても女は受けつけなかった。女は警戒心が強かった。虐げられて育った彼女は人を信じなかった。

福祉事務所の担当者が訪ねても女の激しい拒絶の言葉に引き下がるしかなかった。

三人の親子の命は風前の灯だった。

親子を救ったのは一人の認知症のお婆さんだった。その、大きなリュックサックを背負った老婆はふらりとやって来て親子の家の前に立った。老婆は声もかけずに家に上がり込んだ。認知症の老婆はそこを自分の家だと思い込んでいた。床に伏した母親と二人の娘はあっけにとられた。彼女等は薄暗い部屋で口をぽかんと開けて突然の訪問者を見ていただろう。女が老婆を追い出さなかったのは、相手も病人であることと、老婆の面差しが亡くなった自分の母親に似ていたからだ。老婆がリュックから取り出したのは食料だった。肉、魚、野菜、うどん、蕎麦、醤油、味噌、米。一通りの食材はすべてそろっていた。

「トシコ、ハルヨ、お腹がすいただろ。すぐにご飯にするからな」

壊れた老婆が発したのは親子が聞いたこともない名前だった。

何日ぶりかで母と子の家に夕餉の匂いが流れた。認知症の老婆は喋ることは支離滅裂だったけれど、料理の腕はしっかりしていた。「学校」「給食」という単語が彼女の口から飛び出たから調理関係の仕事についていた人だったのかもしれない。他人には気を許さない女もこの不思議なお婆さんにはうちとけた。

なにしろお婆さんは三人の母と子を自分の家族だと思い込んで勝手に喋りまくっているので笑って見ているしかないのだ。

老婆は食事の支度を終えると掃除や洗濯までしてくれた。老婆の訪問は毎日のように続いた。姿を見せない日もあったが、そんなときは作り置きのおかずを冷蔵庫に入れておいてくれるので親子が困ることはなかった。

その頃、認知症の老人が行方不明になる事件が頻発し、町のあちこちに行方不明者の顔写真が貼ってあった。散歩中に行方がわからなくなった老人の家族が訪ねて来て、台所に立っている老婆の顔を覗き込んでいくという一幕もあった。

「ヨシカズが帰って来たら食べさせてやってくれ」

と、老婆は鯵の干物を山のように置いていくこともあった。

「あの子はこれに目がないから」

老婆は笑っていた。ヨシカズというのは老婆の息子なのだろう。障害を持つ女が心を病んだ老婆の背中を撫でてやった。

母と二人の娘の命は救われた。

認知症のお婆さんの登場をきっかけに、貧困家庭の支援団体や福祉事務所の担当者が接触できるようになった。かたくなな母親の心を開かせたお婆さんのお手柄だった。

「私もそのお婆さんを見たことがあるわ」

キャロル叔母さんによると、そのお婆さんはボロボロの衣服を重ね着して、ベトナムの女の人のような帽子をかぶっていた。背負ったリュックサックは行商人が荷を運ぶのに使う大きなものだったという。

「一度、お婆さんのお家はどこ？　って話しかけてみたけど、会話にならないのよ」

キャロル叔母さんはそのときの様子を説明した。

三人の親子の命を救った認知症の老婆はやがて姿を見せなくなり、その後山中でさ迷っているところを保護された。お婆さんの認知症はさらに進行し、言葉を発することもできなくなっていた。

ぼくは母と叔母の会話を通してこの奇妙な話を知った。

幼い時代の記憶とは長い時間をかけて醸《かも》されていくものだ。社会の変動、人間関係のもつれ、そのときは理解できなくても、その後、折にふれ周囲の誰彼から同じ話を聞く。印象の強いエピソードは伝承のように何度も繰り返されるものだ。

そして、子供はお話の断片を拾い集めパズルのピースを埋めるように記憶を完成させていく。

そうか、あれはそういうことだったのだ。

高校二年の冬だったか。ぼくはクラブ活動の帰り、突然そのことに気づいた。

餓死寸前の親子三人の前に、ある日突然リュックを背負った料理名人のお婆さんが現れる。そのお婆さんは認知症で言葉もうまく出てこないが料理の腕だけは超一流。母子は救われ、お婆さんは去って行く。こんな出来すぎた話があるだろうか。ぼくはこの出来事を思い出すたびにニンマリとしてしまう。認知症の料理名人のお婆さん。ベトナム女性のような帽子をかぶり、ボロボロの衣服を重ね着し、でっかい頑丈なリュックサックを背負ったお婆さん。リュックの中からは魔法のように食べ物が出て来る。昔のディズニーのアニメーション映画の妖精だ。杖の一振りで何もない台所に御馳走を出現させる。あれは認知症のお婆さんじゃない。あれはキャロル叔母さんの変装した姿だったのだ。近所の人も福祉事務所の担当者も寄せつけない知的障害のある母親に接近するために叔母さんが考えたお芝居だったのだ。あの母子家庭は叔母さんの家の近所だったから、叔母さんは亡くなった女の母親の顔も知っていたはずだ。ボサボサの髪のかつらをかぶり、念入りなメークで死んだ母親の顔に似せる。露出した手足の部分は皺くちゃの肌に見えるように工夫しただろう。腰を折り、膝を曲げ、しゃがれた老婆の声で喋る。認知症の老婆だと周囲に思わせているからへんてこな言動も怪しまれない。こんな大芝居が打てる人物は一人しかいない。名女優キャロル叔母さんだけだ。山中で保護された認知症の老婆は別人であろう。当時叔母さんの住む町には行方不明になった認知症の年寄りが何人かいた。叔母さんはそれをヒントにあの芝居を思いついたのかもしれない。

それにしてもキャロル叔母さんのお惚《とぼ》けには恐れ入る。

「私もそのお婆さんを見たことがあるわ」

だなんてね。

「話しかけてみたけど、会話にならないのよ」

という細かな演出まで添えて。計画はまことに抜かりがない。

ぼくはこの推理を叔母さんに打ち明けたことはない。尋ねてみたところで彼女は例によって素知らぬ風に悪戯っぽく笑うだけだ。老婆のボサボサの髪のかつら、ベトナム女性の帽子、醤油で煮しめたような衣服、そして行商人のリュックサック――。叔母さんはとうの昔に「証拠品」は処分してしまっただろう。

まあ、ぼくがもっと年をとって、叔母さんもうんとお婆さんになって、二人合わせて百四十歳をすぎた頃、クリスマスの夜なんかに聞いてみるのもいいかもしれない。

「あの認知症のお婆さんは叔母さんだったんでしょう？」

叔母さんはどう答えるだろう。「そうだったかもしれない」と、他人事《ひとごと》みたいに遠くを見るかもしれないし、相変わらず空惚けた微笑でぼくを煙《けむ》に巻くかもしれないし、それは将来の楽しみのために取っておこう。


ぼくはキャロル叔母さんの言葉を通じてグリム兄弟の集めたドイツの伝承やアンデルセンの紡ぎ出す物語の世界を知ったわけだけれど、中学生になると、あの、月の光の下で見知らぬ精霊と追いかけっこをするような夜毎の夢は遠ざかった。

でも、キャロル叔母さんの魔法がかかった御伽噺を刷り込まれたぼくの頭はほんの少しの刺激で不思議の回廊の入り口に戻ってしまうのだった。

小さな進学塾があった。経営者は若い夫婦である。最初はプレハブ式の教室がぽつんと建っているだけだったが、生徒が増えて見る間に規模が拡大した。棟《むね》を増築しても生徒が入りきらなくなると、別の場所に新しい塾を建てた。生徒はさらに増えた。講師を何人も雇い、薬局のチェーン店のように塾を増やしていった。町の人々が驚いたのは新しい塾が出来るたびにその建物が意匠を凝らした豪華な造りになっていくことだった。

経営者の妻の方は塾運営のために精力的に飛び回っていた。彼女の派手な顔立ちと豊満な肉体はその社交性とともに豪腕の女性実業家にふさわしかった。対照的に塾の講師でもある夫は内気な小男で妻の陰に隠れて目立たなかった。夫婦で外出するときも、胸を張って大股に歩く妻の後から夫が従者のようについて行くのである。

「あの旦那さんと奥さんは、グリム童話の『漁夫《りょうし》とその妻の話』に出て来る登場人物に似てるね」

ぼくは叔母さんにそう報告したものだ。ぼくは中学三年生だった。

「ああ。あの塾のことね」

叔母さんはすぐにぴんときたらしい。彼女は観察眼の優れた人で、ぼくの町に住んでいるわけでもないのに我が家の周辺の事情をよく知っていた。まるでぼくの家の窓から双眼鏡で定点観測をしていたみたいに。

あのときはおかしかったな。ぼくの報告を受けるや叔母さんはさっそく我が家に駆けつけて来たのだから。どんな理由をつけて職場を早引けして来たのだろうか。

ぼくはキャロル叔母さんと偵察に向かった。行く先はその進学塾だ。迎賓館赤坂離宮を五十坪ほどの敷地に詰め込んだような真新しい建物が周囲との調和を無視して建っていた。

叔母さんは彼女独特の言い回しでその悪趣味な建造物を皮肉っていた。

「グリム兄弟はここの経営者夫婦をモデルにして『漁夫とその妻の話』を書いたに違いないよ」

ぼくは得意になって軽口をたたいた。

「進学塾で教える旦那さんは授業には熱心だけど、金銭欲がなく、気弱で従順な羊みたいな性格の人。奥さんはお金儲けが大好きで事業の成功のためには強引な手段も厭《いと》わない女性。見た目も内面も正反対の夫婦だね」

叔母さんは笑いをこらえたような顔でぼくを見つめていた。ぼくが一丁前の言葉を使って一組の夫婦のキャラクターを解説するものだからおかしかったのだろう。

「旦那さんは少人数制で質の高い指導をする塾を目指していたのね、きっと。でも、奥さんは塾を拡張することしか考えていなかった。旦那さんの理想と奥さんの事業欲。こういうときは灰汁《あく》の強い方が勝ちよ。旦那さんは奥さんのビジネスへの執念の前に教育の理念を捨てざるを得なかった」

キャロル叔母さんもぼくに対抗してそんな分析をしてみせた。

「富と力をもっともっと――、奥さんを支えているのはそういう限りのない欲望だね」

ぼくは鼻の穴を膨らませて喋った。叔母さんはぼくを見上げている。ぼくは彼女の背丈より頭一つ分高くなっていた。キャロル叔母さんと二人で厚切りトーストの鰐を焼く正義のベーカリーを探して町中を巡り歩いたあの日はもう遠い。叔母さんにとってはつい昨日のことだったかもしれないけれど。

グリム童話と現実の人物を重ね合わせ空想を膨らませていくと景色が変わっていく。迎賓館赤坂離宮縮小モデルの前はぼくとキャロル叔母さんの特別な空間になっていた。

「『漁夫とその妻の話』って何ですか？」

背後から声がした。振り向くと男の子が立っていた。体に釣り合わない大きなバッグを肩にかけ、物怖じしない視線をぼくらに向けていた。年齢は八歳ぐらい。尖った唇、吊り上がった目をしていて頬骨が高かった。昆虫みたいな奴だなとぼくは思った。

「立ち聞きするつもりはなかったけど、面白そうな話なのでつい聞いてしまいました」

昆虫顔の少年は言った。大人びた口調で表情も変えない。

「あなたはどなた？」

キャロル叔母さんが優しく問い返した。

「ここの塾生です」

「御伽噺が好きなの」

ぼくが聞く。

「そうじゃないけど、ここの先生に関係がある話みたいだから興味が湧いたんです」

ぼくは叔母さんに目配せした。叔母さんも同時にぼくに合図を送っていた。ぼく達はこの可愛げのない子供を無視せず、相手をしてやることにしたのである。

街路樹の下にベンチがあったのでそこへ移動し、三人で座った。真ん中に男の子、左右にぼくと叔母さん。

「『漁夫とその妻の話』はグリム童話よ」

キャロル叔母さんのきれいな声がこぼれた。

「昔、浜辺のあばら家に貧しい漁夫とそのおかみさんが住んでいました。ある日、漁夫が釣り糸をたらしていると一匹の鰈《かれい》がかかりました。それは見事な鰈でした。大きくてぴかぴか光って気品があるの。それもそのはず、鰈は本当の魚ではなく魔法をかけられた王子だったのです。漁夫は鰈の身の上に同情して海に帰してやりました。家に戻って鰈の話をするとおかみさんはかんかんです。『お前さん、何だってその鰈にお礼をしてもらわなかったんだい。相手は王子だろ。そういうときは、あなた様のお心の証に小さな家を一軒わたくし共にお与え下さい、って言うんだよ』人の好い漁夫はおかみさんに言いつけられるまま再び海辺へ行きました」

強欲なおかみさんと気の弱い夫が巧みに演じ分けられている。さすがキャロル叔母さん。

「漁夫が海辺に立つと鰈が近寄って来ます。『鰈や、どうかわしを助けておくれ。女房は小さな家が一軒欲しいそうな』漁夫は鰈に願い事をします。鰈の王子は漁夫に命を助けてもらった恩義があるので願いを聞き容れてやります。『お帰りなさい。おかみさんの願いは叶いましたよ』漁夫が家に戻るとあのあばら家は消えています。そこには小奇麗な家が一軒建っているではありませんか」

おかみさんが新しい住まいに満足していたのはほんの数か月、おかみさんはすぐに小さな家に満足できなくなる。

「もっと大きな家が欲しいわねえ」

おかみさんの小鼻が膨らんだ。

おかみさんはお人好しの夫を海辺へ走らせ、鰈に次の要求をする。そして、その要求は次第にエスカレートしていくのだ。鰈は強欲な願い事も叶えてやる。小さな家は門構えの石造りの館に、石造りの館は大理石と黄金で出来た大きな御殿に、大理石と黄金の御殿は城壁を巡らせた金剛石のお城に。住まいが大きくきらびやかになるにつれて贅沢な調度品や財宝も増えていった。物欲が満たされるとおかみさんは権力を欲しがった。領主の地位、天子の地位、ローマ法王の地位、そして煩悩に取り憑かれたおかみさんはついには神になりたいと言い出すのだ。

漁夫が鰈に新たな要求をするたびに海が異様な色に変わっていく。美しく輝いていた海面は真っ黄色になり、紫色になり、灰色になり、ついにはどす黒いぶくぶくと泡立つ腐った海になってしまう。欲望の飽和点に近づいていく緊迫感を叔母さんの声はリアルに描き出すのだ。物語は辛辣な終わりを迎える。おかみさんが神になりたいと要求するや、海は荒れ狂い、豪壮なお城も財宝も権力も掻き消えてしまう。漁夫とおかみさんは元のあばら家に昔のみすぼらしいなりのままぽつんと座っているのだった。

ぼくは路上のベンチに腰かけていることも忘れて聞き入った。改めて語り部キャロル叔母さんの紡ぎ出す物語世界に震えたのである。

だが、気持ちを高ぶらせたのはぼくだけだったようだ。塾生の子供は平然としていた。柳の葉っぱみたいな目には何の感情も浮かんでいなかった。

「その童話に出て来る漁夫とおかみさんがこの塾の経営者夫妻に似ているというんですね。欲深い性格のために身を滅ぼしたおかみさんとそれを止められなかった無力な旦那さん」

男の子はぼくを見た。その口からは大人びた言葉がすらすらと出て来る。

「うん」

ぼくは頷いた。

「何の根拠があって？」

「え、それは、つまり」

ぼくはどぎまぎした。昆虫みたいな小学生のチビにこんな風に突っ込まれたらそりゃうろたえる。ぼくは心の均衡をかろうじて保った。

「見た目だよ。外見。人の心はすべて見えるところに現れる。この塾の旦那さんと奥さんはグリム童話の夫婦と同じだ。旦那さんは気弱で自分を主張することがない。運命に振り回されても逆らわずただ流されていくだけ。欲張りな奥さんは自分の目的のために旦那さんを奴隷のようにこき使っている。奥さんのあの一点を見据えたような目には走り出したらブレーキのきかない性格が出ていると思う」

「ただの推測ですね。それでは何の根拠にもならない」

男の子は立ち上がった。キャロル叔母さんはぼくの方を見て「さあ、どうする？」といった表情をしている。

「あなたは高校生？」

昆虫の子供がぼくに聞く。

「いや、中学生だよ」

「背は一人前だけど、思考力はそれに追いついていないようですね」

ぼくはどんな顔でその言葉を受け止めたのだろうか。頭に火口があったならたぶん大噴火だ。流れ出た溶岩でこの餓鬼の体は燃え上がり黒焦げになっていたことだろう。

「見た目なんて当てになりませんよ。この塾を動かしているのは旦那さんの方です。小さな塾から始めて規模を大きくしていったのはすべて旦那さんの力です。あの人は見かけによらず実業家の才能があるんです。奥さんは旦那さんの言うとおりに動いているだけ。旦那さんの命令には絶対服従です」

塾生の少年はぼくを見透かしたような態度だった。

「君の言うことだって一塾生の観察にすぎないだろう」

ぼくはこめかみをぴくぴくさせながら言い返した。

「実は、ぼくここの息子なんです」

ぼくとキャロル叔母さんは同時に同じ表情をしたと思う。一緒に腰を浮かせてね。

「嘘をついてすみませんでした。塾生と名乗った方がお二人の話を聞き出しやすいと思ったので」

彼には悪びれたところはなかった。理路整然と言葉を並べていく。

「ぼく以上に父と母のことを知っている人間はいません。他人に両親のことをどう思われようがかまわないんですが、あなたの話を耳にしてしまったので一応事実だけは知っていただこうと思いまして」

塾の息子は話し終えるとぺこりと頭を下げ、迎賓館赤坂離宮の方へ歩いて行った。ぼくとキャロル叔母さんは顔を見合わせ大きくため息をついた。毒気を抜かれたとはこういうことを言うのだろう。

　ぼく達は立ち上がる気力も起こらずベンチに腰をかけたまま進学塾を見ていた。急に風が吹いて街路樹の葉がざわついたのを憶えている。

　進学塾は今もある。昔よりさらに立派になって。小さなプレハブ式の教室から始まった塾は今や一流講師陣をそろえ、学力別、志望校別カリキュラムの充実した五階建てビルの「大予備校」である。グリム童話の夫婦は神の逆鱗《げきりん》に触れ元の貧乏に戻ったが、こちらは発展を遂げた。もっとも、塾の経営者は自らの努力でのし上がった。神様に頼ったわけじゃない。ただ、経営者夫妻には歴史の転換があった。夫妻は離婚したのである。現在の経営者はあの妻だ。妻は前夫と別れたあと、元雇い人の若い講師と再婚している。

　夫の方も再婚してどこかで塾を経営しているという話だが詳細は不明である。夫には逆らわずひたすら服従するだけの妻が大予備校の理事長の椅子に座り、辣腕《らつわん》の事業家だという夫は塾を妻に譲って家を出た。どのような状況での離婚だったのかわからないが、外見《そとみ》には妻が夫を追い出したように見える。

　今思うと、迎賓館赤坂離宮の前で昆虫顔の少年がぼくに語ったことは彼の作り話だったのかもしれない。彼は両親の関係を引っくり返して喋ったのではないか。つまり、進学塾の経営者夫婦のキャラクターはぼくの観察どおりだった。息子は子供なりに同じ男として妻の言いなりになっている父親がふがいなく思え、ああいう話をしてみせたのではは。いや、これもぼくの勝手な推測だ。家族の間には単純でいて複雑で繊細な心理が働いている。安直に決めつけることはできない。家族とは客観視することが最も困難な人間の単位なのだ。

さて、昆虫顔の男の子、塾の御曹子。

彼とぼくとキャロル叔母さんの間には妙な因縁があったようだ。二年ほど前になるだろうか。

叔母さんが突然電話をしてきた。

「あの子に会ったのよ」

叔母さんの声は興奮気味だった。

「あの子って」

「あの子よ。進学塾の前で私達に話しかけてきた男の子。『漁夫とその妻の話』のことを聞いてきた憎たらしい小学生」

叔母さんの話を理解するのにぼくは思考回路のあちらこちらを巡らねばならなかった。まどろっこしい間をおいてぼくは了解した。叔母さんは十五年前に迎賓館赤坂離宮進学塾の前で出会った昆虫顔の少年のことを言っているのだ。

「あのときの男の子が美術館の学芸員になったのよ」

叔母さんは息を継いだ。

「私がいた美術館よ」

ぼくは頭の働きをいったん止め、一泊をおいて思考を戻した。ぼくが観察していた進学塾の息子が大人になって美術館の職員になった。それもキャロル叔母さんが勤めていた美術館の同じ学芸員として。

叔母さんはこの日、所用でかつての職場を訪ね、その若い学芸員を見た。吊り上がった目、飛び出た頬骨、尖った唇。記憶にある顔だったが最初はわからなかった。帰宅してから気がついた。叔母さんは元の職場に電話をして若い学芸員の名前を確認した。

「それでわかったのよ。その学芸員があの進学塾の息子だって」

叔母さんは気がついたけれども、若い学芸員の方が叔母さんを思い出したかどうかは知らない。小学校二年か三年の記憶にはおそらく一度会ったきりの大人の顔など残ってはいまい。

自然観察者が昔目撃した珍獣と偶然に出会う。驚かされる出来事だったが、このとき、話はそれだけで終わった。叔母さんもぼくも何か喋ることがあったはずなのに会話が続かなかったのだ。

「『漁夫とその妻の話』が変な所でつながっちゃったわね」

叔母さんはそれだけを言って笑ったものだ。

ぼくが高校生になった年、キャロル叔母さんは三十八歳で遅い結婚をし、海外勤務の夫と現地へ渡った。叔母さんは異郷の地でも朗読の活動を続けていた。彼方から届くメールで、ぼくは現地の日本人や地元の人と交流する彼女の姿を知ることができた。

叔母さんは七年前に海外生活を終え、帰国した。今は都心の瀟洒なマンションで良人《りょうじん》との睦《むつ》まじい暮らしだ。叔母さんには子供がいないのでその分自由を満喫してきたようだ。学芸員の仕事は結婚して辞めたが、勤めていた美術館とはその後も交流が続き、帰国後は春と秋に二回、子供向けの「お話の会」を美術館の一室を借りて開いている。

ここしばらく叔母さんは美術館へ足を向けていなかったようだが、ぼくは塾の息子との再会にその理由があるのではないかと思ったりした。ふた昔ほど前にこましゃくれた子供と馬鹿馬鹿しい遭遇があっただけのことだけれど、何か後味の悪さが尾を引いている。

相手は小学校低学年のチビにすぎない。それが、癖の強い大人と接触したあとのようにストレスが意識の残片になって残っているのだ。叔母さんにも似たような心理があるのではないか。

ぼくはキャロル叔母さんの語る童話を長い間聞いていない。お話どころか顔を見る機会もなかなかない。電話でたまに話をすることもあるけれど会話は当たり障りのない、世間の大人が交わすような内容になってしまう。

叔母さんの「お話の会」をのぞいてみようと思うのだが、現在、ぼくは実家から離れた町に住んでいるので、実家の近くにある叔母さんが勤めていた美術館へもなかなか足が向かない。彼女が海外にいた頃の方が連絡を取り合って距離が近かったような気がする。妙なものだ。

一八一七年と一八一八年と一八三七年。三人の男が三十二歳になった年。一人目はヤーコップ・ルードヴィヒ・グリム、二人目はヴィルヘルム・カール・グリム、三人目はハンス・クリスチャン・アンデルセン。そして、今年、二〇二〇年、四人目のぼくが三十二歳になる年だ。時代は違うけれど、誰の生涯にも等しく時は降る。物理の法則は同じ。

キャロル叔母さんと厚切りトーストの鰐を探した日から二十六年。

ぼくは今、懐かしい駅に降り立ち、思い出の道を歩いている。ぼくの向から先は美術館。

一か月前、叔母さんから「お話の会」の案内状をもらったのだ。

進学塾の息子という怪人の登場にもめげず、お話の活動が継続していることをぼくはまず喜んだ。

キャロル叔母さんが三日連続でアンデルセンとグリムの童話を語るという。一日目が

「裸の王様」と「人魚姫」、二日目が「親指姫」と「みにくいあひるの子」、三日目が「ブレーメンの音楽隊」と「赤ずきん」。案内状の文面にも力がこもっていて、「お話歴三十周年記念」の文字が踊っていた。「栗鼠」のイラストが添えてあるのがおかしい。

長らくご無沙汰をしているので今回は馳せ参じなければならない。初日にお祝いの花束を持って行きたかったが、仕事の都合で身動きがとれず、二日目も仕事が続き、最終日の今日、午後になってようやく足を運ぶことができたというわけだ。

一週間前、ぼくは実家に立ち寄っている。たまたまこちらに来る用事があり、両親の顔を見ていこうと思ったのだ。

父と母の二人だけになった家は寂しかった。がらんとして物音もない。建物そのものが追憶とうたた寝で日がな一日を過ごす隠居者みたいだった。それでも、ぼくやキャロル叔母さんの声で賑やかだった頃の気配がかすかに感じ取れる。それが両親の心の力によって保たれている家族の残像だと知ったとき、ぼくは胸がつまった。急に身体を包んだ部屋の空気がかけがえのない宝物のように思えた。

叔母さんもぼくより何日か前に来て泊まっていったということだった。「お話歴三十周年記念」の打ち合わせで美術館に顔を出した帰り我が家に宿泊したのだ。ぼくのいない三人の夕餉で、叔母さんは愚痴をこぼしたという。美術館の若い学芸員の話だ。あの日、ぼくらの背後から突然声をかけてきた小学生。進学塾の一人息子。いや、今は立派な社会人だ。昆虫顔に磨きのかかった青年は叔母さんの朗読の技量を称えたあと、童話についての解釈を得々として披露したという。

「『赤ずきん』って、色々なイメージのわくお話ですよね」

若い吊り目の学芸員は言った。

「狼が赤ずきんの賛美者だったとしたらどうでしょう」

彼は続けた。

「赤ずきんは狼にとって天上の愛。所有することの叶わぬ流れ星。心を震わせる花園にして甘やかな災厄。喪失を前提とした危険な愛です。狼の赤ずきんへの崇拝に似た恋情は無意識の憎悪をはらんでいます。フロイトの言葉を借りれば『典型的な相反感情症』ですね。狼が赤ずきんを神秘の愛と崇《あが》めるほどに狼の心には苦悩がつのり、その美を破壊せんとする衝動が突き上げてくる。狼は愛を獲得するためには赤ずきんを殺すしかないのです」

学芸員は両手の指を野獣の爪のように広げてみせた。その声色や口跡は八歳ぐらいのときの彼そのままだったのではないか、ぼくはそんな風に想像した。

「もしくは、赤ずきんが狼にも尻込みしない獣性を秘めた女性だと考えます。赤ずきんの可憐な頭巾の下にはふてぶてしい顔が隠れている。彼女はほくそ笑むのです」

学芸員は唇を突き出して叔母さんのお株を奪うような作り声を出した。

「あたしには赤いビロードの頭巾をかぶった可愛らしい頭とマシュマロみたいな腕がある。無知で野卑なだけの狼なんかこれでいちころよ。あたしにできないことはない。森中の狼が押し寄せて来たって小指であしらってみせるわ」

赤ずきんは妖婦？　猛女？

学芸員は叔母さんに顔を寄せる。

「赤ずきんのお祖母さんの家を淫売窟としましょう」

だとすれば、狼は道徳や羞恥といった社会的心理的制約を脱して悪所に飛び込んだ冒険家ということになる。寝椅子に横たわり物憂げなまなざしを向ける赤ずきんは娼婦だ。良家の子息で世間知らずの狼は、娼婦を文化の地層からはじき出された孵化したばかりの稚魚のように無垢な存在だと信じている。そのような女と甘い詩的言語抜きの性交渉を持つことが、一般民衆に近づき、因習から解放される手段だと考えている。底辺で辛酸をなめつくした赤ずきんは甘ちゃん狼の心の中などお見通し。

狼は娼婦の肉体を蹂躙《じゅうりん》し、純粋で赤裸な生命の再発見に歓喜しているように見える。ところがその実、狼は赤ずきんに翻弄されているのだ。恐ろしい地獄の使徒から生皮を剝がれ、晒し者にされていることに狼は気づいていない。赤ずきんは疲れを知らない下層民の生活探求者だ。彼女がいるのは雄を消尽しつくすために組織的に用意された場所。先ほどまで隆々としていた狼の肉体は見る間にしぼみ朽木色のミイラに変わっていく。

「単調な日常を出て、娼館のめくるめく熱い中庭で女を相手に自己の脱主体化を図ったはずの狼は『話が違う』と当惑の表情を浮かべながら息絶えるのです」

キャロル叔母さんは憮然とした面持ちで若い学芸員の説を聞いていただろう。

「狼を宮廷恋愛劇風のストーカーにしたり、赤ずきんを革命的エロティシズムのヒロインにしたり、そういう思考はお話の会に紛れ込ませたくないわね」

彼女の機嫌がいっそう悪くなったのは、そのあと続けた自身の言葉によってであった。

「娼婦の赤ずきんは『女の魔性』を得意げにかざしているように見える。でも、それは彼女を搾取する主人――社会から与えられた幻想でしょ。彼女自身には偽りの価値観を変革する意識はないし、チャンスがあってもその扉が何を意味するのか考えようとしない。淫売窟を一歩出たとたん彼女は『無』になる。赤ずきんは男の脳髄の中だけに存在する幽霊にすぎないからよ。雌蟷螂《かまきり》が交尾のあと雄蟷螂を食べてしまう話を男の人は好きよね。雌が雄を餌食にするためにはまず自分を雄の欲望の対象にしなければならない。雄に自分の乳房やお腹を愛撫させなければ何も始まらないのよ。男はそこに雌蟷螂が雄蟷螂を超えられない理由があると解釈する。性による奉仕という殻から雌は永遠に抜け出すことはできないと男は信じている。だから男はあの自虐譚を余裕の表情でもって口にできるんだわ。今のあなたみたいに」

キャロル叔母さんは喋ってしまったあとで美術館の床を靴底で踏み鳴らしたらしい。

「――っていうような話をすることに、私、生涯無縁でいたかったの。それを、あのピチピチのズボンをはいた昆虫顔の若い男が小生意気な挑発をしてくるものだから、ついべらべらと打《ぶ》ってしまったのよ」

彼女は姉と義兄に鬱憤《うっぷん》をぶちまけた。叔母さんは自己嫌悪に陥っているようだった。叔母さんは女性解放論者に与《くみ》する。しかし、それを声高に発言し、活動することには慎重な人だった。手垢のついた思想用語を無自覚に垂れ流してしまう軽佻さと、周囲から騒々しいだけのフェミニズム活動家と一絡《ひとから》げにされてしまうことを警戒していた。同時に、そんな臆病な自分を恥じてもいた。つまり、この日の叔母さんは、若かりし頃の女性解放運動のジレンマを再体験させられたことになる。

彼女はいまだに解決できない心のもやもやと向き合わされたのだ。上滑りな知識を振り回す若い学芸員によって。キャロル叔母さんの眼前には迎賓館赤坂離宮進学塾が出現していたことだろう。相手は叔母さんのことに気がついていない。たぶん。でも、叔母さんはそいつと論争を戦わせている数分間、十七年前のあの日と現在を行ったり来たりしなければならなかったはずだ。晩餐の空気が手に取るようにわかる。叔母さんのグラスが空くピッチは早かった。母は三本目のワインを開けようとする妹を制止するのに苦労したそうだ。

ざらざらの路面が今日は妙に接近して見える。自分の目が虫の視線になったみたいだった。昆虫顔の学芸員の呪いでもあるまいが。

ぼくは歩調を早めた。

キャロル叔母さんの「三十周年記念・お話の会」は午前と午後の二回。三日目、最終日の今日、「ブレーメンの音楽隊」はすでに終わっている。ぼくが聞けるのは最後の「赤ずきん」だ。本当にぎりぎりのセーフ。叔母さんには申し訳のない気持でいっぱいである。

グリム童話の「赤ずきん」はぼくも昔叔母さんに聞かせてもらった。問題の赤ずきん。美術館の若い学芸員に退廃的言語遊戯の材料にされてしまった御伽噺――。むろんぼくの体験したのは宮廷恋愛劇の狼や革命的エロティシズムの介在しない頃の「赤ずきん」だけれど。

花が咲き乱れ、小鳥達が歌う美しい森。赤いビロードの頭巾をかぶった愛らしい少女が小道を歩いている。赤ずきんが手に提げた籠には葡萄酒とお菓子が入っている。彼女はお母さんのお使いで病気のお祖母さんのお見舞いに行く途中なのだ――。

舞台設定といい、筋立てといい、登場するキャラクターといい、「赤ずきん」は日本人にとって西洋童話の原体験とも言うべき物語だろう。

でも、ぼくの印象はちょっと違う。何だかやけに陰惨で、叔母さんの話が終わったあとも身震いが止まらず、その夜は寝つけなかった。怖気《おぞけ》は次の日になっても治まらなかった。ぼくは小学校一年生だったと思うけれど、学校に行っても校庭に出るのが怖くて教室の隅で体を強張《こわば》らせていた。

叔母さんは「マッチ売りの少女」に慟哭する反面、童話の内包する残酷性や伝承に潜む人間の業を冷徹に見つめた人だった。叔母さん流の創作童話にきれいごとだけではないシニカルな要素が多分にあったのはそのためだろう。叔母さんは修辞を駆使した表現を嫌った。童話であれ小説であれ、平明且《か》つ深いイメージの形象をそこに求めた。その指向は文字を音声化する活動にも明確な個性をもたらしていたと思う。

キャロル叔母さんはぼくの年齢を考慮してお話の「演目」を選んだりしなかった。小学校一年生にはむずかしいと思われる話も意識せず語り聞かせてくれた。

子供の耳は難解な物語も受けつける。わからないものはわからないもののまま秘密の小箱に納め、ポケットに入れて持ち歩くのだ。小箱の中身は少しずつこぼれ落ちる。子供の背丈に合わせるように小箱の謎は目減りしていく。そして、彼が大人の物語を理解し始めたとき、ポケットの小箱は空になり、小箱そのものも消えてなくなるのだ。

木漏れ日の下の「赤ずきん」が蘇る。

赤ずきんの瞳に木々の緑が映り、柔らかな金色の髪が頬に揺れる。籠の中の葡萄酒がお菓子の包みにこすれて不安な音を立てる。

むっとする獣の臭いが鼻をつく。赤ずきんは思わず足を止める。彼女の前に立ちふさがったのは獰悪《どうあく》な顔をした狼だった。狼はその相貌に似合わぬ優しい声で赤ずきんに語りかける。赤ずきんは疑うことを知らない。狼に問われるままに「これからお祖母さまの家にお見舞いに行くところなの」と答えてしまう。

赤ずきんからお祖母さんの家を聞き出した狼は先回りをする。狼は家に侵入すると寝たきりのお祖母さんに襲いかかり一飲みにしてしまうのだ。狼は頭巾をかぶりお祖母さんに化けてベッドの中で赤ずきんが来るのを待つ。

(婆さんの肉は硬かった。だが、赤ずきんの肉は軟らかくて、脂がのっていて、さぞかし旨いだろう)

狼の真っ赤な舌から涎《よだれ》が垂れ落ちる。

可愛い歌声が聞こえてくる。赤ずきんがやって来たのだ。このあとは誰もが知っている狼と赤ずきんのやり取りである。

「お祖母さまのお耳はどうしてそんなに大きいの」

「お前の声がよく聞こえるようにさ」

「お祖母さまのお目目はどうしてそんなにぎらぎらしているの」

「可愛いお前の顔がよく見えるようにさ」

「お祖母さまの手はどうしてそんなに大きくて爪が鋭いの」

「お前をうまく捕まえられるようにさ」

「お祖母さまのお口にはどうしてそんなにとがった歯がいっぱいはえているの」

「お前を喰いちぎるためだよ」

次の瞬間、狼は赤ずきんに飛びかかり、その小さな体を一飲みにしてしまう。お祖母さんと赤ずきんをお腹におさめた狼は満腹になってベッドに横たわる。そこへ通りかかった猟師が家の外にまで聞こえる大いびきに気づき、部屋を覗く。お祖母さんが寝ているはずのベッドには腹を膨らませた狼が大の字になっていた。

「これは大変だ」

猟師は眠っている狼のお腹を鋏でじょきじょきと切り裂いた。赤ずきんの顔が見え、ついで体が出て来た。赤ずきんのあとからお祖母さんも助け出される。赤ずきんの意識はしっかりしていた。お祖母さんは息も絶え絶えだったけれど何とか生きていた。猟師は狼のお腹に人間の頭ほどの石をいっぱい詰め込んで縫い合わせる。目を覚ました狼は体の異常に気づいて大あわて。狼はお腹の石の重さに耐え切れず、ばったりと倒れて死んでしまう。

猟師は長年追い求めていた狼の毛皮を手に入れ、お祖母さんはお菓子と葡萄酒で元気を取り戻し、赤ずきんは前よりもいっそうお母さんの言いつけを守る良い子になった――。これが「赤ずきん」のストーリーである。

キャロル叔母さんの「赤ずきん」は例によって叔母さん一流の味付けが施され、一癖も二癖もあるグリム童話になっていたはずだ。

登場するのが狼ではなく、もっと恐ろしい別の獣だったのか。病気のお祖母さんが実は魔法使いで、赤ずきんに呪いをかけるという筋立てだったのか。とにかくやたらに怖かったことは憶えているが、結末を思い出せない。

子供がひどい恐怖を体験すると心に鍵がかかってしまうらしい。

あの頃、叔母さんの童話は世相を反映してか暗い話が多かった。世間では幼い女の子が次々に行方不明になり、無惨な死体で見つかる連続幼女誘拐殺人事件が起きていた。世の中は震撼していたのだ。子供のぼくにも大人達の恐怖が伝わった。だからよけい叔母さんの話に身震いしたのだ。

ぼくは赤ずきんの物語を脳裏に巡らせながら道を急いだ。

美術館が見えてきた。叔母さんは公民館や図書館といった場所でお話をするときは原作に忠実に語る。キャロル童話の本領が発揮されるのはぼくを相手にしたときとか、プライベートな場でごく少人数の子供を相手にするときだけ。美術館のような会場では優しい声と美しい言葉で名作を語り、聞き手を魅了するのである。叔母さんの朗読を聞いたある婦人は、「彼女の喉からハープの音色が聞こえてきたわ」と、うっとりしていた。

それでも、この一筋縄ではいかない名女優は、ときどき悪い虫が起きて子供をいじって泣かせたりするのだけれど。

　ぼくはここで自分の勘違いに気づいた。

　午後のお話の始まる時刻は二時三十分だと思っていた。改めて案内状を見ると一時三十分になっている。今二時十分。しまった。「赤ずきん」の物語は終盤にさしかかり、いや、もうクライマックスをすぎて――。ぼくは走り出した。美術館の真っ白な外観が接近した。ぼくは建物に駆け込み、入場券を放り投げるようにして受付を通り抜けた。芸術鑑賞にはそぐわぬあわただしさで突入したぼくを見て入館者がぎくりとしていた。展示室とは別方向へ走る。「お話の会」の会場は正面入り口を左へ曲がって廊下を進み奥から二番目の部屋。ぼくが廊下へ足を踏み入れたときそれが聞こえた。子供の声が。泣き声、わめき声、悲鳴に近いものもあった。乱れた足音が床に響いた。同時にドアが開いてこの日の観客が小魚の群れのように飛び出して来た。子供の大方はべそをかき、恐怖に顔を引き攣《つ》らせていた。笑い顔と泣き顔の判別のつかない子もいた。ぼくは足をすくませてこちらに殺到して来る子供の群れを見ていた。小さな足の集団が暗闇を引きずって来る。そう――あの夜、キャロル叔母さんが開いたグリム童話の本の頁から大きな角をもった影が立ち上がりぼくを見てにやりと笑ったのだ。そうだった。「赤ずきん」の結末。ぼくはキャロル叔母さんのお話のラストシーンを思い出した。狼に飲み込まれた赤ずきんとお祖母さんを救出するはずの猟師は、テーブルに置いてあった葡萄酒を飲んで酔っぱらい寝入ってしまうのだ。

赤ずきんがお見舞いに持って来たこの葡萄酒は、病気のお祖母さんのために特別に造ったもので薬効成分が入っていた。それを飲みすぎた猟師は悪酔いして悪夢を見る。彼がこれまで殺戮した動物が恐ろしい亡霊になって猟師の体を八つ裂きにするのだ。猟師は自分の絶叫で目を覚ました。部屋は闇だった。日はすっかり暮れていた。手燭《てしょく》を点すとベッドで眠りこける狼が浮かび上がった。膨らんだお腹が呼吸に合わせて上下している。

「えらいこった」

猟師はあわてて鋏を手に取り、狼のお腹をじょきじょきと切り始める。手元が乱れ血が飛び散った。切り裂かれた狼のお腹から胃液で半分消化された赤ずきんとお祖母さんが絡まり合って出て来る。それは猟師の見た悪夢そのものだった。猟師は悲鳴を上げ、もんどり打って倒れる。もと赤ずきんだった肉塊が逃げる猟師を追いかける。狼のお腹から飛び出て来たのは赤ずきんとお祖母さんだけではなかった。裂けた胃袋からにょろにょろと粘液にまみれた肉玉のようなものがつながって現れた。それは飲み込まれた村の子供達だった。狼は何日か前にもたくさんの子供を餌食にしていたのだ。肉玉は人間の原形をとどめていなかった。それがキイキイと鼠のような鳴き声を上げ赤ずきんと競争するように猟師の膝元に這い寄って来る。部屋の騒ぎに狼が目を覚ました。狼はベッドから飛び降りる。食い意地の張った狼は自分のお腹が切り裂かれていることにも気づかず床に蠢《うごめ》く赤い肉塊をがつがつと食べ始める。ところがお腹が開いているので飲み込んだそばから肉玉は飛び出てしまうのだ。飲み込んではお腹の切れ目から溶けた子供がにょろり、飲み込んではまたにょろり、赤ずきんとお祖母さんも再び狼の大口にくわえられお腹の中へ。でも、すぐに二人は胃袋の裂け目から胃液と一緒に噴き出て来るのだった。

猟師の心臓はほとんど止まりかけていた。狼の消化器官を何度もくぐった赤ずきんの体はさっきよりいっそう崩れていた。手も足もない、目や鼻の在《あ》り処《か》もわからない、臓物の塊になった赤ずきんが猟師を追いつめる。赤ずきんの後ろにはさらに得体の知れない赤い肉玉の群れが。赤ずきんは猟師の膝によじ登り、その胸に取りすがってこう言うのだ。

「真っ暗、あああ、何もかも真っ暗」

あのとき、叔母さんのお話を聞いているぼくの顔にも赤ずきんが溶けた頬――たぶん頬だと思う――を寄せてきたのだ。そして背中には別の感触の何かがしがみついてきた。絶叫が迫った。床が揺れた。子供の背後にキャロル叔母さんの姿が見えた。叔母さんは狼の胃袋から這い出して来た赤ずきんになっていた。何がフロイト曰く相反感情症の狼か。淫売窟の脱主体化がどうしたって？　革命的エロティシズムのヒロインなんて知らないぞ。

ぼくは迎賓館赤坂離宮進学塾前にいた昆虫顔の少年の胸倉を摑み目の高さまで持ち上げた。お前がよけいな話をするから最後にきて叔母さんの箍《たが》が外れちまったじゃないか。叔母さんの名誉のために言っておくけど、これはキャロル童話の本分じゃない。彼女にだって勇み足はある。これはただのスピンオフだ。そして彼女の試練だ。ぼくにも責任がある。お話歴三十周年記念の最終話にも間に合わなかった。叔母さんがおかんむりなのも無理はない。ぼくがずっと付き添っていればこんなことにはなっていないだろう。これは叔母さんからのぼくへのお仕置きでもあるのだ。ごめんなさいキャロル叔母さん。

顔面蒼白の若い男が廊下に突っ立っていた。彼は身体をどこへ向けていいのかわからないといった体だった。ぼくは昆虫顔という大まかな言い方を改め、蟷螂顔と虫の種類を特定せねばならないと思った。学芸員は蟷螂だった。懐かしい。感動の再会だ。

「美術館がお化け屋敷になっちゃった」

進学塾の御曹子はうろたえていた。

「子供が怯えてるよ。どうしよう」

彼の目はぼくを見ていたが、ぼくを認識していなかった。

「これしきのことでおたおたするな」

ぼくは一喝した。

「朗読者はときにイタコにならなきゃならないことがある。彼女には今お話の霊が降りている。周りが騒ぐことはない。子供が貴重な体験をしてると思えばいいんだ」

冷静に音声を発したわりにぼくの心臓はばくばく躍っていた。

「どうしよう、どうすればいい」

蟷螂顔の学芸員の意識はどこかに飛んでいた。

「どうしよう」

彼はうわ言のように同じ言葉を繰り返し、ふらふらとぼくから離れて行った。

「『漁夫とその妻の話』の鰈に助けを乞《こ》え」

ぼくは情けない男の背中に怒鳴ったつもりだったが、もしかしたら実際は喉の奥でもごもご言っていただけかもしれない。

叔母さんは亡霊みたいに両腕をだらりと垂らし、呪われ人《びと》の震え声を発しながら子供を夢の帳《とばり》の囲いへ追い立てていた。叔母さんの足はフロアから浮き上がって見えた。キャロル叔母さんの話は興がのってくると身振り手振りだけの演技から本格的なお芝居に入る。それは途方もなく美しい、あるいは、世にも恐ろしい物語が姿を現した瞬間だった。

このときのぼくの心の中をどう言い表せばいいのだろう。叔母さんの脱線に破裂しそうだった頭は落ち着いていた。周囲の動きが緩慢に映った。美術館の中は非常事態だが、ぼくはほんのりとした幸せな気分だった。キャロル叔母さんの真骨頂、名演を聞きそこねはしたけれど、欠けた記憶が突如鮮明なスクリーンに大写しになる奇跡のような体験をした。

叔母さんのベッドの中で肝が冷える怖いお話――演出過剰の「赤ずきん」――を聞き、眠ることもできなかったあの夜へぼくは還ったのだ。

不義理をしてお灸を据えられた。でも、これが大人になったぼくへのキャロル叔母さんからの新しいプレゼントだとしたら――ぼくも彼女のために尽くさなきゃならない。騒ぎが治まったら叔母さんのお供で美術館の責任者に会い、少しばかり過熱しすぎたグリム童話の弁護をしよう。蟷螂の学芸員も同席するだろうか。正気になって高慢さを取り戻した進学塾の息子と一騎打ちをしてみたいもんだ。

床の轟《とどろき》が迫って来た。逃げまどう子供は全員があの日のぼくの顔をしていた。やあ、久しぶり六歳のぼく。とりあえず、この場の対処法を考えなければ。ぼくはどうすればいい？　くるりと回れ右をして子供と一緒に逃げ出すとするかな。

その蛇は絞めるといっただろう

The
prince
disappears
Yamagami
Tatsuhiko

部屋に足を踏み入れると、ノグチの身体は揮発性の化学分子を発散する侵入者として認識される。

陳列棚に並んだケージの奥で二股に分かれた舌が一斉に突き出されフリックする。その波動が彼には無上の喜びだった。

（これを味わうために私は商売をやっているようなものだ）

ノグチは目を和ませ、ケージのひとつひとつを覗いていく。壁を埋めつくすケージにはおよそ二百七十個体の蛇が飼育されていた。

ケージはすべてヒートケーブルとサーモスタットで温度が管理され、湿度も一定に保たれている。掃除も行き届きケージの床には塵《ちり》ひとつ落ちていない。蛇達の暮らす環境は完璧だった。

ノグチは蛇専門のペットショップ経営者である。

開業は十五年前。店を始めた当初は爬虫類全般を扱っていたが、三年後に蛇専門店に切り替えた。密輸ブローカーの事件に巻き込まれ、希少動物の亀やイグアナに関して警察にしつこく絞られたため、蛇以外の爬虫類にかかわることに嫌気がさしてしまったのである。

蛇だけを商うようになって、ノグチは生き物の命に畏敬の念を抱くようになったし、同時に商品としての野生動物に距離をおいて接するようになった。それは経営をより良い方向へ向かわせる結果にもつながった。

青葉の香漂う、連休も終わったある日、一人の男が店に入って来た。

「蛇が欲しいのだが」

男は、ワインレッドのスポーツ・シャツ、白いフランネルのズボン、赤茶色のスエードの靴という出で立ちである。レイバンのサングラスをかけ、アンティークらしいパイプをくわえていた。ウエーブのかかった髪を後ろになでつけ、肌は程よく日焼けしていた。一九五〇年代のコート・ダジュールの二流ホテルから出て来た宿泊客みたいだった。

「絞める蛇が欲しい」

男はノグチの存在など眼中にないといった風に店内を見渡した。

「蛇はたいてい絞めますがね」

ノグチは男の横柄な態度が気に入らなかったので皮肉混じりに返答した。

「絞めれば何でもいいというのではない。ロープだか蛇だか区別のつかないような細いものは困る。ああいうのは非力だからな。がっちりとした太い胴体の蛇が欲しいのだ」

「それなら蛇の王様——錦蛇《にしきへび》ですな」

男がうなずいたのでノグチは店の奥へ彼を案内した。その一角には美しい錦の模様と逞《たく》ましい胴体をもった蛇達がそれぞれのケージの中でとぐろを巻いていた。

「七十五品種そろえております。一匹一匹模様が違います。どうです美しいでしょう」

男はケージのいくつかを覗き込んで小鼻をうごめかせた。

「ふん、どれもおとなしそうだな」

「はい、この蛇達はごつい図体のわりに性質は穏やかです。慣れると人の体に喜んで触れてきますよ」

「蛇と交流しようというのではない。先ほども言ったように私は絞める蛇が欲しいのだ」

「ははあ、やはり気の荒い蛇ということで」

ノグチののんびりとした口調に苛立ったのか、男は眉間に皺を寄せた。

ノグチは別のケージの前に男を案内した。

ケージの中に先ほどの蛇より胴回りが一回り太い茶褐色の蛇がとぐろを巻いている。大きな餌を飲み込んだ直後なのだろうか、胴の一部が異様に膨れていた。ノグチと男が近寄ると蛇は鎌首をもたげた。盛り上がった頭部の、瞼のない眼球が鈍く光った。

「スマトラブラッドパイソンといいます。性質の荒さでは知られた蛇です」

「ふむ、なかなかの面構えだ」

男は気に入った様子でうなずき、ノグチの方を向いた。

「この蛇の絞める力はどのぐらいかね」

「絞める力ですか」

「肉体のメタモルフォーゼを完遂させる能力はあるのかと聞いておる」

「肉体のメタモルフォーゼ、ああ、そういうことですか」

ノグチは一瞬目をぱちくりさせ、息を吐いた。

「それはもう、十分です」

ノグチは相手の言葉の意味を曖昧に解釈したまま続けた。

「これぐらいの蛇になると、絞められた人間の体は変身と言いますか、変態と言いますか、あっという間にゆがみますな、つまり変形します。そののちに窒息ということに」

「確かかね」

「絶対です」

ノグチは確信を持って答えた。というのも、つい十日以前、ノグチはこのスマトラブラッドパイソンに巻きつかれ危うく命を落とすところだったのである。ケージの清掃作業中、蛇の運動不足解消の意味もあって肩に巻きつかせて遊ばせておいた。蛇は体が何かに接触していることで精神の安定を得る生き物である。蛇の健康を維持する上で飼い主と蛇が触れ合うハンドリングはそれなりの意味を持つ。ノグチはその蛇が気性の激しい品種であることは承知していたが、ノグチには馴れていたし、それまで危険は感じたことがなかった。

油断があったのだろう。突然猛烈な力が首の周りに加わった。蛇の攻撃本能にスイッチが入ったのだ。ノグチは首と蛇の胴の間に腕を差し込んで振りほどこうとしたが、絞めつける筋肉のほうが強かった。呼吸が途絶え、目の前が暗くなった。

ノグチが助かったのは、たまたま同業者の訪問があったからである。その同業者は錦蛇を首に巻きつかせたまま倒れ伏しているノグチに出くわした。彼が嚙みつかれぬように蛇の頭を押さえ、虫の息のノグチを死の淵から救出できたのはプロの技術があったゆえである。間一髪だったであろう。あと二分発見が遅れていたらノグチの命はなかったかもしれない。

実感のこもったノグチの返答は客の信頼を呼び込んだ。

「気に入った。ではこれをもらおう」

男は購入を即断した。コート・ダジュールの伊達男は蛇の飼育経験がなさそうだったので、ノグチはケージの温度や給餌《きゅうじ》の方法について細々とした助言をした。錦蛇はそのボリュームのある外見にもかかわらず大きいケージを必要とせず、給餌も成体なら二十日に一度程度ですむ。飼育する側に負担の少ない動物だと言える。それでも体長三十センチや四十センチの蛇とはわけが違うから、取り扱いには十分な注意と緊張感が必要である。ノグチは自分が殺されかかった体験を打ち明けはしなかったが、そのときの恐怖は彼の口調と表情に出ていたはずである。

ノグチは飼育上の注意事項を箇条書きにしたメモまで作って男に手渡した。しかし、相手はぶっきらぼうにそれを受け取っただけだった。

男はドンゴロスの袋を持参していた。彼は代金を支払うと、袋を広げノグチに蛇を入れるよう促した。ノグチの店では錦蛇のような大型種は後日配送することにしていたのだが、目の前に袋を突き出されては客の意向に従うしかなかった。ノグチはスマトラブラッドパイソンをケージから麻袋に移しながら、自分がスマトラの密猟者になったような気分に陥った。

男は蛇の入ったドンゴロスの袋を肩に担いで帰って行った。

男は蛇をどのような目的で飼うのだろうか。彼は「絞める」ことと屈折した情念を結びつけていたようだから大体想像はつく。首吊りの縄の代わりに蛇に巻きつかれて死のうというのではない。あの紳士には自殺を考えている陰鬱さはなかった。蛇をペットとして飼育するというのでもない。たぶん、特殊な悦楽のために使うのだ。

倒錯という心を経ないと愛を見出せない人々がいる。それは秩序から排除され、封じ込められる忌まわしい習癖である。彼等の儀礼では野生動物が人間のために喜んで情炎に身を投じるのだ。

獣姦愛好家。もう少し品の良い言いようはないものかとノグチはいつも思う。世界は詩人にあふれているというのに。ジュウカンアイコウカでは身もふたもない。ただ恐怖である。おぞましくはあるが、獣姦は性欲の一形式として存在する。蛇との交合は陶酔と破壊の喜びをもたらすものらしい。蛇を攻め立てながら同時に己の体も蛇に絞められるのである。あの客は肉体のメタモルフォーゼと言ったが、それはまさに快楽の代名詞なのであろう。毎年陰暦二月十五日の涅槃会《ねはんえ》に同好の士が蛇を持ち寄って痴態を繰り広げる秘密クラブの話を耳にしたことがある。

お釈迦様の命日を「恥じ多き病」の日に変えてしまう人間につきあわされる蛇には同情を禁じえないが、蛇にとって無意味に生き物を殺すだけの変質者に遭遇するよりは救いがあるとノグチは思っている。体に触れられることの好きな蛇は人間の厚顔無恥の性愛に参入して彼等なりの喜びを味わっているかもしれないのだ。

ノグチは、いつの日かテレビのニュースで飼育している蛇に絞め殺された飼い主としてコート・ダジュールの紳士の顔を見ることがあれば、彼のために献杯するつもりである。

献杯する間もなかった。男は次の日にやって来たのである。彼はドンゴロスの袋を背負っていた。袋の中身が不平を言うようにうねうねと動いていた。

「この蛇はだめだ」

男の頬は紅潮していた。

「だめですか」

「本人は絞めたつもりでも絞めたうちに入らん。これでは魂を崇高な場所へ解き放つ決定力にはならない。さらに物足りないのは、この蛇には人間を飲み込む力がないということだ」

彼は店のカウンターに置いたドンゴロスの袋へ冷ややかな目を向けた。

「魂を解き放つお話は私にはわかりかねますが」

ノグチは首を傾けた。

「人間を飲むのは無理です」

「なぜだ。大蛇《おろち》というのは人を飲むものだろう」

「この大きさの蛇には荷が重すぎます。せめて体長五、六メートルぐらいの個体でないと」

「ではその蛇が欲しい。獲物の体を形が変わるほど絞めつけ、丸飲みにする蛇が」

男は一晩のうちに色々試してみたようだった。男に売ったスマトラブラッドパイソンは体長が二メートルほどだが人間に悲鳴を上げさせる力は十分にある。コート・ダジュールの紳士はよほど首が頑強に出来ているらしい。ノグチは自分の恐怖体験に比較して男の人間離れした体力に感心した。

それにしても、いかに反自然的性愛実践とはいえ、蛇に飲まれるプレイまでが含まれているとは思わなかった。

「個人的に飼育している蛇がいます。店頭には出しておりませんが、よろしければお譲りしてもいいですよ」

ノグチは言った。客の多様な要望に応えられないようでは専門業者の名折れである。

店舗の裏にはもうひとつの棟があった。店舗は木造モルタル建築だが、こちらの方は小さいながら頑強な鉄筋コンクリート造りだった。重い鉄の扉には鍵がかかっていた。

「蛇は脱走の名人ですからね、念を入れておくにこしたことはありません」

ノグチは鍵を鳴らしながらコート・ダジュール氏に言った。

鉄の扉の向こうにも全身鱗に覆われ肋骨と体節構造を持つ脊椎動物が飼育されている。特筆すべきは、邪悪と神話、恐れと敬意、両方を獲得した蛇という種族の栄誉をその空間において一個体が体現していることであった。

屋内はその一匹の蛇のためだけに作られていた。部屋の半分ほどがガラス張りのケージで占められ、空いたスペースには冷凍庫や消毒剤のポリタンクや清掃用具が整然と並んでいる。冷凍庫には蛇の餌が保存してあるのだろう。ノグチとコート・ダジュール氏は通路に立ってケージの中を眺めていた。ケージの奥でゆっくりと移動する生き物は、店舗に陳列してあるほかの蛇とは別次元のものだった。

厳《いか》つい頭部が持ち上がって観察者の方を向いた。胴回りは電柱を思わせる太さで、それが波のように体をうねらせて這っていた。青みがかった黒の斑紋に黄色い地肌、全身に光沢があり、小窓から差し込む光が当たると一瞬別の色が浮かび上がる。

「アナコンダです。八年ほど前、ベネズエラのアプレ州で捕獲されたものです。私が購入したときはほんの子蛇だったのですがこんなに大きくなりました」

「これはなかなかのものだな」

コート・ダジュール氏は唾をごくりと飲み込んだ。緊張で彼の体が棒のようになっているのがわかった。

「この蛇の身長、いや長さはどのぐらいかね」

コート・ダジュール氏が聞いた。

「長い間測っておりませんが、九メートルは超えるのではないかと」

「九メートル、それは長いほうかね」

「ええと、はい、間違いなく長い部類に属します。重量も相当あるかと。アナコンダは体長に比した重量でいうなら世界で最も重い蛇です」

「力も強そうだ」

コート・ダジュール氏の目がぎらぎらしてきた。

「二十日ほど前に餌を与えたのですが、私もちょっと衝撃をうけました」

ノグチの目に躊躇の色が浮かんだ。話していいものかどうか迷ったのである。アナコンダに生きた子豚を与えた。子豚といっても体重が三十キロを超す成獣に近い豚である。蛇はいつものように素早く豚に嚙みつき、強靭な胴を巻きつけ獲物を絞めつけにかかった。

古来、巨大な蛇は獲物を絞めて骨まで砕くと考えられていたが、実際は違う。蛇が獲物を絞めるのは、体を圧迫することで窒息させたり、脳への血流を妨害して気絶させたりするためなのである。蛇は相手の抵抗力を奪い、飲み込みやすくするために巻きつくのだ。しかし、この日、ノグチが目撃したのは大蛇伝説にある戦慄の光景だった。圧搾《あっさく》機のような力で絞めつけられた子豚は蛇の胴の中で潰れたのである。

「潰れた」

コート・ダジュール氏の上体が前のめりになった。

「そうです。西瓜《すいか》割りの西瓜みたいに」

子豚の潰れる音は西瓜の割れる音に似ていたかもしれない。ノグチは腰が抜けてへたり込んでしまった。飼育室のガラスに飛び散った物の色彩をノグチは生涯忘れないであろう。

彼が子蛇の頃から育てたアナコンダは人間の想像の領域を超えた生き物に変異していたのだ。

「あれからまだ餌をやっていません。次はどうしようかと考えているところです」

ノグチは豚だけは与えまいと決めている。鶏――、鶏なら羽で覆われているし、潰されても豚のように凄惨な光景にはなるまい。

「潰れたのかね」

コート・ダジュール氏はノグチの心境になど関心はないようだった。

「ほっほう、ほっほう」

コート・ダジュール氏は猿のような奇声を発しながらサングラスをはずし、吹き出た汗をハンカチでぬぐった。その目は意外に女性的で睫《まつげ》が長かった。

「潰れる――、押し潰す、圧砕する、何と美しい響きだ」

ノグチの客は指揮者のごとく両腕を優雅に舞わせた。長い睫の瞳は爛々と輝き、唇は赤みを帯びてぬめぬめと光っていた。

「この蛇はまさにエロティック・スキャンダルだ。かかる破壊の魔獣を前にしては汗と作り声だけの薄っぺらな房事など色褪せる。想像力の枯渇にも気づかぬ愚かな観衆よ、右往左往しながらの射精や縮み上がった陰茎を気晴らしの道具とすることを恥としたまえ。はっはっ」

コート・ダジュール氏は野生動物を加えた新しい官能のシナリオを思いついたかのようにはしゃいでいた。ノグチは商人らしく笑みを絶やさぬことを心がけた。

コート・ダジュール氏がアナコンダの購入を決めたことは言うまでもない。

「私は今日神に出会った。この蛇がそうだ。私は以後、彼の下部《しもべ》とならん」

彼はノグチの両肩をつかみ、激しく揺するのだった。

今度はドンゴロスの袋に入れて担いで帰るわけにはいかない。九メートルのアナコンダは後日トラックで運搬することになった。

アナコンダの代金が三百五十万円、そして店が返金すべきスマトラブラッドパイソンの代金二十六万円もコート・ダジュール氏は「私の気持だ」と言ってノグチにプレゼントしてくれたのである。戻って来たスマトラブラッドパイソンは元のケージで機嫌よく居眠りをしている。

ノグチは営業成績を上げたことよりも、アナコンダの給餌から解放されたことに安堵していた。

ノグチの瞼の裏にコート・ダジュール氏に売却することになったアナコンダがとぐろを巻いている。あの蛇をノグチが手に入れたのも八年前のちょうど今頃の季節だった。

連休明けで、世間がまだぼんやりとしていた。蛇は正規のルートで入荷したという話だった。しかし、あとから耳に入って来た情報で蛇は不法に持ち込まれたものかもしれないという疑惑が出てきた。日曜と祝日が重なった長い休日のあとの空港の混雑はすさまじい。税関職員も仕事に追われてんてこ舞いである。手荷物の検査もチェックが甘くなる。ツアーの団体客などはほとんどフリーパス同然だ。密輸業者が暗躍するのはこういう時期なのだ。

あのアナコンダはまだ一メートルにも満たない子蛇だった。団体客が手荷物のトランクに隠して持ち込めば誰も気づかない。

ノグチは、過去に一度密輸業者に接触し痛い目にあって以来危ない商売には手を出さないことを心がけてきた。だからベネズエラの沼地で捕獲されたアナコンダの子供の「出自」には気をかけていたのだ。

結局、真相はわからずじまいだった。

あの蛇は成長が早かった。ノグチの店に来て一年後にはほぼ四倍の体長になっていた。その後も発育は順調だった。体長と胴回りが競うようにサイズを増やしていった。「過剰給餌」気味の面があったことは否めないが、それにしてもどこまで巨大になるのか、空恐ろしくさえあった。

あまり育ちすぎるので、もしかしたらこの蛇はアナコンダ以外の未知の種ではないかと思ったりもした。コロンビアの露天掘り炭鉱の地下で最近発見された蛇の化石は体長が十三メートル、重量は千百キロあったとされる。長さは驚くほどではないけれど、重量がすごい。一トンと百キログラム。ティタノボアという六千万年前の熱帯雨林に生息していた蛇である。この蛇の椎骨《ついこつ》と現在のアナコンダの椎骨を並べて撮った写真がある。なんとティタノボアの椎骨はアナコンダのそれの約十倍だ。椎骨のサイズから推測すると、ティタノボアの胴回りは法隆寺の柱ほどもあったのではないかと思われる。体重が一トンを超えるのも納得できようというものだ。コロンビアはベネズエラの隣国である。六千万年前はベネズエラもティタノボアの縄張りであっただろう。ベネズエラの沼地の底深く生命を維持しつつ眠っていたティタノボアの卵が何かのはずみで孵化し、その子蛇が遠く日本へ運ばれ、ある蛇専門のペット店で飼育されることになった——。ノグチは空想を膨らませて太古の大蛇の運命の旅路を頭に巡らせたものだ。

蛇は成熟しても成長を続ける。あのアナコンダもそうだ。巨大化し続け、もし、ティタノボアのように重量千百キログラムのモンスターになったとしたらどうであろう。

興味深い個体ではあったが、ノグチは彼《か》の蛇を終生飼育しようという気持ちはなかった。買い手がついて良かったのである。

ノグチはペットショップ経営者の顔に戻って考えた。アナコンダを飼育しているケージが空いたら三つぐらいに仕切って中型の蛇を入れよう。彼は鉄筋コンクリート造りの飼育室に入り、モップとバケツを手に取った。

先ほどは落ち着かず、ケージの中を動き回っていたアナコンダはとぐろの中に頭を入れて休息していた。新しい飼い主が決まり、未知の暮らしが始まる。彼は新生活の展望を色々と考えているのかもしれない。

体長九メートルのアナコンダをケージから出し、移動用の檻に入れ、トラックに積み込むのは四人がかりだった。それぞれが爬虫類の扱いに馴れた業者である。彼等はコート・ダジュール氏邸までついて行き、あちらが用意したケージに蛇を移し変えるところまでを担当する。運送業者は積み込み作業の場所から離れて立っていた。荷の中身が大形の爬虫類だと知って尻込みをしているのだ。

無事に蛇を送り出したノグチは、店を閉め、「臨時休業」のプレートをドアのノブにかけた。彼は雨催いの空の下を歩き出した。行きつけのレストランで祝杯を上げるつもりだった。取り引きが完了したお祝い、そして、それは惜別のセレモニーでもあった。蛇とはいえ、赤ん坊の時代から育てた野生動物である。冷静に対処しているつもりでも、ノグチの胸にちょっぴり感傷があった。

ノグチはコート・ダジュール氏の精神のモチーフについて考えた。彼は蛇の生体を通して事物を混沌に導き、裏返しにし、捏《こ》ね回し、内なる欲望——デーモンに幇助《ほうじょ》されたエロスを引きずり出そうとしている。情炎だけではない、もうひとつの野生動物との愛の形を望んでいるのかも。コート・ダジュール氏は「蛇と交流しようというのではない」と言ったが、本心は蛇を人生の伴侶として迎え入れたのではないか。彼はアナコンダを妻にした。ノグチの足が止まった。あのアナコンダは雄蛇だった。いやいや、近頃では「同性婚」など珍しくもない。ノグチは再び足を運びながら心臓のあたりを押さえた。コート・ダジュール氏の心のひきつりが乗り移った気がしたのである。

バス停留所を通り過ぎようとしたとき、車椅子の老人に声をかけられた。

「やあ、二〇九八年に地球に小惑星がぶつかるんだってね」

顔見知りの、お喋り好きの老人だった。

「地表に届く前に木っ端微塵になっちまう大きさらしいけど、それでも爆風で地上の何百キロの範囲に被害が出るそうだ」

相手にすると長くなるのでノグチは笑顔だけを返し、足を止めずにやり過ごした。この車椅子の老人はバスに乗るつもりもないのに停留所が好きで、いつもこうやってバスを待つ人の群れに混じっていた。

そうか、ノグチは歩を進めながら考えた。

小惑星の破片に当たって命を落とす不運な人間の運命を待てない者もいる。死んで欲しいと願っている相手が自然死するまで我慢しきれない奴がいるのだ。

コート・ダジュール氏の心の中はエロスと混沌ではなく、もっと即物的であるのかもしれない。

殺人。彼は蛇を使って誰かを亡き者にしようとしているのではないか。ノグチはコート・ダジュール氏を獣姦愛好家から、殺意に取りつかれた危険人物に置き変えた。蛇は獲物を絞めて窒息死させたあと飲み込む。七十五、六時間後には胃袋の中のものは溶けてなくなる。アナコンダは殺害と死体処理を同時に請け負う殺し屋なのだ。

狙われた相手は誰だろう。妻、愛人、仕事のライバル、会社の上司、それとも友人、特定の相手ではなく街で見かけた女性かも。

それならそれで、とノグチは思う。まあいい。野生動物としての蛇の本能を歪めたり、個体に苦痛を与えたりしない限り、飼い主の反社会的行為はノグチの与《あずか》り知らぬところである。

黄昏はノグチの愛する時間だ。

店を始めた頃、ノグチは昼も夜もなく働いた。蛇以外の爬虫類も扱っていた時代で体がいくつあっても足りないほどの忙しさだったのだ。夜明けと日暮れは同じ意味のものでしかなかった。たまたま地球のどこかに太陽の光が当たり、どこかに光が届いていない。ただそれだけのことだと考えていた。今は違う。夜明けは一日の仕事の始まりであり、黄昏は一日の出来事を辿《たど》り意識の綾《あや》に織り込んでいくクールダウンの時間帯なのだ。夜更けには人間の大きな悦楽、回想という精神の逍遥《しょうよう》が待っている。

邪魔さえ入らなければその夜もノグチにとって至福のひとときになるはずであった。

「あの蛇もやっぱり絞めないじゃないか」

耳元で怒声がしたのでノグチの体は跳ね上がった。ノグチは自分がベッドの上で体を起こし受話器を耳に当てていることに気がついた。

彼は寝ぼけながら電話に出たのである。

「子豚を潰す蛇が何故《なにゆえ》絞めようとしないのか」

完全に目が覚めた。

「先日のお客様ですな」

「そう、私だ」

受話器の向こうでコート・ダジュール氏が息を継いだのがわかった。

「あんまり絞めないので蛇に平手打ちを食らわせて挑発した、それでも絞めない」

受話器から女の絶叫が聞こえた。

ノグチはコート・ダジュール氏が女房を縛り上げ、蛇の前にさらして絞め殺させようとしているのだと思った。蛇は鶏や豚なら慣れているが、初めて与えられた餌の人間に戸惑っているに違いない。

「落ち着いてください、お客様。平手打ちはいけません」

「私としても望むところではないが、やむを得ない」

「わかりました。一度そちらにお伺いします。様子を見ないことには何とも言えません。どうか冷静になさって下さい」

興奮する相手をなだめながらノグチは受話器を置いた。

神である蛇の下部になると言っておきながらこの変心。所詮彼も軽薄無慈悲な非道徳者にすぎないのだろうか。

午前三時半だった。ノグチは仰向けにベッドに倒れ込んだ。彼はしばらくして再び起き上がった。夜が明けてから家を出るつもりでいたが、次第に居ても立ってもいられなくなった。コート・ダジュール氏の女房が絞め殺されようが飲み込まれようがノグチの知ったことではないのだけれど、蛇が気になるのである。

あのアナコンダは蛇族の歴史上人間に頰を打たれた最初の蛇であろう。蛇の受けた心理的ショックをノグチは考えた。蛇にも感情はある。蛇の心についての叙述のなさは、野外博物学者、研究者の怠慢にその責を問うてしかるべきである。ノグチは養子にやった子供が養父に虐待されている光景を想像した。情が移っていたのである。

ノグチはベッドから抜け出し、服を着た。

コート・ダジュール氏邸までは車を飛ばせば一時間半ほどだ。ノグチは二十年来乗り続けているイタリア車のアクセルを踏んだ。

アンリ・ルソーの描く熱帯の密林を思わせる小さな森の中にその家はあった。ライトアップされたコート・ダジュール氏の住まいはノグチが朝を待たずに来訪することを予期していたかのようであった。催眠術師の施主と、魔術的リアリズムを信奉する建築家と、憑依されやすい体質の大工が結び合ったとすれば当然の帰結として出現するであろう建築物だった。

何しろ古くて傷みが激しいので、元は鉄筋コンクリート造りだったのか木造モルタル建築だったのか判別がつかない。何かの仮面をイメージしてデザインした邸宅であるらしいことだけはその外観から読み取れた。

正面玄関の壁の窪みに呼び鈴がある。緑青《ろくしょう》を吹いたそれを鳴らすと両開きの扉が重々しく口を開けた。

「遅かったですな」

コート・ダジュール氏が眉を吊り上げて立っていた。ノグチの到着は予定より早かったはずだが、邸宅の主はともかくも不満を表わさねば気がすまないらしかった。ノグチは相手の文句を無視した。

「奥様はご無事ですか」

ノグチは玄関ホールに足を踏み入れながら真っ先に訊ねた。

「何だって」

「先ほど電話で奥様の悲鳴を聞きましたので」

「私に女房などはおらん」

「確かに女性の悲鳴でした」

「あれは悲鳴ではない。女が快感のあまり発するよがり声だ」

「は？」

「裏に住んでおる色情狂の夫婦だ。このところ毎晩あの調子でな。うるさくてかなわん」

コート・ダジュール氏の発言に呼応するように女の絶叫が響いた。それは長く糸を引き、消え入ったかと思えばまた繰り返し、最後はすすり泣きに変わった。

「あれから一時間半以上がたちます」

ノグチは真面目くさった顔つきである。

「一時間半以上続いておるのだ」

コート・ダジュール氏は癇癪を起こしていた。ノグチは深夜に駆けつけた大事な用件に話を切り替えた。

「蛇を見せて下さい」

館の主はノグチを促すように歩き出した。

豪奢な部屋があった。アール・デコの影響を受けたと思われる広間は幻想的な絵画で壁面が埋めつくされている。その中央にケージが置かれていた。

特別誂《あつら》えの立派なケージだった。ガラス面を支える真鍮製のフレームには彫刻がほどこされ重々しい輝きを放っていた。部屋の天井が高いので目立たないがケージの高さは三メートル近くあるだろう。長さは六メートルを超える、幅も四メートルはたっぷりだ。ノグチの実子である大蛇は心なしか元気がなさそうであった。とぐろの巻き方に力感がない。

ノグチは問題点をすぐに察した。ケージが広すぎて中に蛇が身を隠す場所がない。蛇は何かに体が密着していないと精神の安定を得られない生き物なのである。

ノグチがそれを指摘する前にコート・ダジュール氏はケージの側面にある扉を開けて中に入った。コート・ダジュール氏は無造作に大蛇の首根っこをつかむとその頭部を肩に回し自分の体を回転させるようにして蛇の胴体を全身に巻きつけ始めた。これぐらいの大蛇になると片手で蛇の首をつかみ、片手でハンドリングするという芸当は不可能である。コート・ダジュール氏は汗だくになってその作業を続けた。それにしても、蛇の新米飼い主は体長九メートルのアナコンダを恐れる様子もなかった。ノグチでもこの蛇をこれほど大胆に扱う勇気はない。

「このように、ここまでやってもこの蛇は私を絞めようとはしないのだ」

蛇の胴体でほとんど体が隠れた彼は蛇柄の蓑虫のように見えた。

「お客様のなさろうとしていることが今ひとつよくわかりません」

ノグチはケージのこちら側から屋敷の主の前にかしこまった。

「私が蛇を購入したのは蛇に絞めさせるために決まっておるではないか」

コート・ダジュール氏はノグチの察知の悪さに苛立ってか、声をせり上げた。

ガラス越しにもかかわらずその声はよく通った。コート・ダジュール氏は蛇の胴体の隙間から腕を出し、じれったげに自分の胸を指で小突いた。

「私は絞められたいのだ。そして飲み込まれたいのだ」

コート・ダジュール氏の目的は蛇を使った殺人でもなく、蛇を性の道具とする享楽の追求でもなく、蛇を生涯の伴侶にすることでもなかった。それなら、蛇を購入した理由はこの人物に一番ふさわしくない目的のためということになるではないか。推測しうる最も退屈な結末。

「自殺なさりたいのですか」

ノグチの声は落胆していた。

「自死ではない」

飼い主の拘束が弱まると、無理に巻きつかされた蛇は紐をほどくように胴を緩め主の体から離れた。蛇はコート・ダジュール氏に引き戻されることを警戒してか敏捷《びんしょう》な動きでケージの隅へ避難した。

邸宅の主はケージから出て来た。

「私は蛇に絞められ、飲み込まれることを欲している。蛇が大顎で私の頭をくわえる。私の肉体は蛇の口から食道を通り抜け胃に運ばれる。人間の体は長い。私の体は全部が胃に入りきらず、半分だけが胃に収められ、半分は食道にとどまる。私の上半身が胃の中で消化されている間、下半身は食道で待機させられるのだ。胃は蛋白質分解酵素を分泌し、酸性媒体の助けをかりて私の上半身を溶かしていく。私の存在は緩慢に散華《さんげ》するのだ。腸に入る頃には、私の腰から上はスープ、粥《かゆ》のような状態になっている。食道に残された下半身は複雑な思いで分解していく自らの半身を見ていることだろう」

主は息を継いだ。

「粥になった私はいよいよ腸へと突入する。腸に入る前、粥状の私の体は幽門弁の前で止められ、厳重にチェックされる。最後の消化分解が行われ、それにより作り出された成分が血液循環に吸収される腸は消化器官の最も重要な部門だからだ。胆汁は管《くだ》を通って腸に駆けつけ、粥である私の脂質や脂肪を乳化する作業に入る。私の体はここで二重三重の漉《こ》し器にかけられるわけだ。美しく漉し取られた私は腸壁の蠕動《ぜんどう》運動という列車に乗り終着駅に向かうのだ。終着駅の一駅手前の小腸で再び消化と混合の洗礼を受け、水分と栄養素を大腸に吸い取られた私は未消化物質と化す。つまり、糞便となっているのだ。糞便の私は総排出腔の入口に移送され、腎臓から来た尿酸や尿酸塩の廃物液と長い消化過程の思い出話をしながら肛門というゴールへ向かうのだ。そこにはテープが張られている。尿酸や尿酸塩達は形がない。固形物たる私だけがテープを切る資格を持つのだ」

コート・ダジュール氏は腕を後ろ手に組み歩き回っている。

「これは死ではない。私の肉体は蛇という脊椎動物の特殊化した枝を代表する生物の遺伝子の一部となる。そうすることで私はもうひとつの生を得るのだ。永遠の生を」

コート・ダジュール氏は空《くう》を見つめたまま続けた。

「咽頭から食道、胃から小腸、そして大腸、肛門へ。狭い、曲がりくねった蛇の体内を通り抜けることは文字どおりの『胎内くぐり』なのだ。ご利益の大きさは、洞窟や岩の割れ目を修験者がくぐり抜けたり、大仏の腹の中を善男善女が通り抜けたりする行《ぎょう》の比ではない。私は蛇の胃腺が分泌する粘液や塩酸を浴び、酵素分泌が持続する限られた時間の中で祈念し、擬死再生の儀礼を行うのだ。これぞ究極の肉体と魂の浄化といえよう」

ノグチは一瞬、コート・ダジュール氏が不治の病にでもかかっているのではないかと思った。しかし、日に焼けた薔薇色の彼の肌には病魔の翳りは見えない。チベットの民は死後魂の抜けた骸《むくろ》を鳥に食べさせることで肉体を天に返すというが、ノグチの目の前のこの奇妙な人物は、アナコンダの餌となり糞便として排泄されることで霊魂の復活を試みようとしている。一切の穢《けが》れをその儀式によって取り払い、新しい生命体として生まれ変わるつもりなのである。

「実はな、当初私が夢想していたのは、私を飲んだあとの蛇が『クラインの壺』の原理で体をねじり、口と肛門を四次元的に交差させ、前も後ろも外側も内側もない一本のチューブになることだった」

コート・ダジュール氏は言った。

「クラインの壺というと、あのメービウスの帯みたいに裏側を伝って行くといつの間にか表側に出ているねじれた不思議な管のことですか」

ノグチは少しの間をおいて聞き返した。

「そうだ。位相幾何学とか何とか、考えると頭が痛くなってくる理論だ。だが、あの騙し絵的面白さだけは私にもわかる。蛇の体があんな風につながれば口から入って肛門に至った私の体はまたいつの間にか口に戻っているという理屈になるではないか。死という内側をたどっていたはずが、気がつけば生という外側をたどっている。私は蛇の体内で生まれ変わり死に変わり、永久運動を続けることができるのだ。糞便となって肛門から出て終わるより、聖なる場所へ到達するための一段と格の高い儀式だと思わんかね」

コート・ダジュール氏は嘆息した。

「しかし、断念した。この三次元空間において蛇という生きたパイプをクラインの壺に成形することは不可能だ。それよりも私を飲もうとしない蛇を調教する方が先決だと思い直したのだ」

「断念されて正解です」

ノグチはアナコンダが四次元的交差の芸当をやってのけたとしてもその実行には賛成しかねた。それは聖なる場所へ到達するための格の高い儀式などではなく、まるで責め苦が永遠に続く無間《むげん》地獄だからだ。

「メービウスの帯やクラインの壺の難関さを思えば私の唱える『胎内くぐり』がいかに現実に即した構想であるかがわかるだろう」

ノグチは思わずうなずいていた。そのとおり。彼は健全な道を選んだのだ。さっきまで妄言としか聞こえなかったコート・ダジュール氏の話が急に真実味を帯びてきた。ノグチは彼を応援することが自分の役どころだと思えてきた。

「蛇に餌はやりましたか」

ノグチは訊ねた。

「やっておらん。満腹ではますます私を飲まんではないか」

「それはまずいですな。蛇をこちらへお届けしてから二週間ほどです。ということは最後に給餌してから一か月以上になります。蛇は空腹のはずです。とりあえず食べさせておかないと」

ノグチは肩をすくめた。最後の給餌とは子豚を与えたあの日のことである。

「餌の用意はしてある。しかし、ここで食わせると蛇が空腹になるまでまた私は待たねばならない」

「蛇を死なせるよりましでしょう。これだけの蛇は世界中の爬虫類専門業者に声をかけても手に入りませんよ」

コート・ダジュール氏は腰に手を当てて考えていたが、すぐに決心したらしい。踵を返すと足早に部屋を出て行った。

鶏のけたたましい鳴き声と一緒にコート・ダジュール氏は戻って来た。彼は東南アジアの市場で見かけるような竹の籠を手に提げていた。籠の隙間から詰め込まれた鶏が首を突き出していた。

「子豚も用意してあるが、鶏のほうが消化も早いだろう」

コート・ダジュール氏は籠を持ったまま再びケージの中に入ると、荒っぽい手つきで籠の蓋を開け、五羽の鶏をつかみ出してケージの中へ放った。鶏がわめき散らし、羽が舞うと、隅で隠れるようにしていた蛇が動いた。それは素早い行動だった。蛇は床をすべり、最初の鶏に嚙みついた。蛇は巻きつこうとはしなかった。獲物が小さいのでその必要がなかったのだろう。蛇は上顎にぞろりと生えた左右の牙を交互に動かし、獲物を口中へ送り込んでいく。丸飲みにされた鶏は蠕動と呼ばれる筋肉の運動によってさらに蛇の体内の奥深くへと運ばれる。一羽の鶏が消えるまであっという間だった。大蛇は二羽目の獲物にすぐ飛びかかった。後方に反り返った牙と可動性のある顎で獲物を効率的に口中に引き込み、体筋がそれを食道から胃へ押し込んでいく。それは爬虫類の捕食行動というより、システマチック化された輸送作業を思わせた。

五羽の鶏が蛇の胃袋におさまるまで時間はかからなかった。驚異のスピードであった。ノグチがこれまで目撃した蛇の最も敏活《びんかつ》な捕食行動だった。やはり蛇にはクラインの壺のようにねじれるより波のうねりに似た動きの方がふさわしい。

「よほど腹がへっていたとみえますな」

ノグチは緊張を解いた。

アナコンダの腹は鶏五羽分だけ膨れていた。この巨大な蛇にとってはそれでもまだ腹六分といった感じであった。コート・ダジュール氏は肩を落としてケージから出て来た。

「これで私はまた当分待《ま》ち惚《ぼう》けだ」

「いいじゃありませんか、蛇の健康第一です。蛇が元気であればこそお客様の希望がかなえられる日も来ようというものです」

ノグチは養子にやった蛇の健康の確保を確認して一息ついた。コート・ダジュール氏の考えも明らかになりすべてに納得がいった。

彼はようやく部屋を観察する余裕ができた。壁面を埋めた数々の幻想画に目が向いた。ノグチは美術品に見入った。どれも暗い渦巻きの集合のような絵である。

「不思議な絵ですな」

ノグチは言った。

「私が親しくしておる画家に描かせたものだ」

コート・ダジュール氏は壁の絵を見やった。

「私が蛇に飲まれて、蛇の胃と腸の中で消化され、完全に消失するまでの長い旅路を描いておる」

「旅路ですか」

「旅路だ」

彼は長い睫をしばたたかせた。

コート・ダジュールの伊達男の肉体が消化されるまで何時間かかるのかわからないが、ノグチはこのマゾヒズムと死の観念で描かれた幻想画がどことなくレントゲン写真を思わせる理由に合点がいった。画面は、蛇の体内で獲物が溶けていく過程を撮った研究用の透視写真に近いのである。壁一面に飾られた絵は左から右へ、上段から下段へ鑑賞するように配列されている。絵のサイズはまったく同じで、そのこと自体が作者の意図であった。

「最後の絵だけが趣が違いますな」

ノグチは感想を口にした。最下段の右端の絵にはあふれる光が描かれている。まるで神が降臨する場面のように。他の絵の暗鬱とした筆致とは対照的だった。

「消化され、吸収されて蛇の体の一部になった私の残滓が糞便となって排泄される瞬間だからだ」

コート・ダジュール氏は目を輝かせた。

「蛇類の糞便が消化管の末端部に滞留している時間は長い。私はおそらく二百日以上この蛇の腸の中に蓄積されていなければならないだろう。それゆえ、光の世界へ送り出されたときの喜びは大きいのだ」

コート・ダジュール氏は地中海沿岸の陽光を求めるように両腕を広げた。彼は爬虫類の飼育には素人である。しかし、蛇の消化管の構造と機能についてはよく勉強していた。実際に窓から明るい日差しが差している。いつの間にか夜は明けていた。どこからか獣の咆哮が接近して来た。それはノグチの耳元で浅ましい女の嬌声に変わった。

朝の光には似つかわしくない音声である。

「こんな時間からまた始めおった」

コート・ダジュール氏は舌打ちした。

法悦の頂きに昇って行く女房の高音《たかね》に亭主のほら貝を吹くような音声も混じる。ベッドの軋みまでが伝わって来るようだった。

「そのうち部屋を破壊する音が響くだろう」

コート・ダジュール氏は、裏窓に板を打ちつけて塞いでしまわねばいかんと独り言を言いながら、北側の方向を睨みつけた。

ノグチは当分の間蛇の飼育状況を知らせてもらえるように依頼し、コート・ダジュール氏に暇《いとま》を告げた。

ノグチは玄関を出て階段を下りた。植物が館を囲んでいる。夜のライトアップの下ではアンリ・ルソーの密林に見えた一画はただの荒れ果てた屋敷林だった。

車寄せに停めた愛車へ足を向けようとしたノグチの動きが止まった。

赤い色が鬱蒼とした蔓草の間に見えた。その場所には本来ありそうもない色彩だった。

ノグチが茂みを掻き分けて近づくと、それは郵便配達の赤いバイクだった。投げ出されたように横倒しになり、ハンドルが逆方向に曲がっていた。後部に取り付けたボックスの蓋が開き郵便物がのぞいていた。あたりには、古タイヤ、錆びついた電化製品、朽ちた家具が戦死兵のように転がっていた。この庭は粗大塵《ごみ》の投棄場になっているのだ。自宅の敷地だから不法投棄にはなるまいが、家の主の心の内を映した情景と考えるなら衛生問題を超えた病的なものと言わねばならない。

それにしても郵便配達の赤いバイクには違和感があった。塵の投棄場とはいえ、郵便物を積んだままのバイクが捨てられているのはどういうわけなのか。ノグチはコート・ダジュール氏の所へ戻り訳を聞いてみようかと思ったが、逡巡《しゅんじゅん》したのち車に乗り込んだ。

コート・ダジュール氏の独特のキャラクターを考えれば郵便局カラーのバイクも他の古タイヤや錆びついた電化製品と同様、庭園のオブジェのひとつに見えなくもない。今度訪問したときにでも訊ねてみればいいと彼は思った。

屋敷の車寄せから道路へ車を出すと警官の姿が目に飛び込んだ。年配の警官と若い警官の二人がこちらに近づいて来る。ノグチは車を止められた。

「ちょっといいですか」

窓から覗き込んだ年配の警官にノグチは職務質問された。ここを訪れた理由。名前と職業。それから住所——。

雰囲気にものものしさがあったのでノグチは訊ねてみた。

「何かあったんですか」

「郵便配達人が行方不明なんだ」

「はあ」

「五日ほど前、配達の途中に姿を消した」

警官は胸ポケットから写真を出してノグチに見せた。

「この人を見たことはありませんか」

若い、ちょっと遊び人風の郵便配達人の顔が写っていた。

「知りません。第一、私はここに来るのは初めてですから」

ノグチは答えた。

車を走らせてからノグチの動悸は速くなってきた。喉まで出かかったのだ。庭の郵便バイクのことを喋りかけて言葉を呑んだ。それは口にしてはいけないことのように思えたからである。不吉な想像が湧き起こった。

自宅の書斎でノグチは片足のもげた飛蝗《ばった》のように移動している。つまり同じ所をぐるぐると回り続けていた。書棚に飾った蛇の剝製や蛇の置き物が怪訝《けげん》そうにノグチを見ていた。

コート・ダジュール氏はついに他人に手をかけたのではないか。自分を襲おうとはしない蛇に業を煮やして別の人間で試してみたのでは。たまたま郵便を配達に来たあの若い男が目をつけられた。彼は言葉巧みに家に誘い込まれ、蛇のケージに押し込められた。ノグチの育てたアナコンダは若い郵便配達人を獲物と認知して襲いかかった。配達人は五羽の鶏と同じように丸飲みにされた。今日対面した蛇が空腹そうだったのはすでに腹の中の人間を消化してしまったからだ。元々あの個体は大食漢だった。五日前に人間を飲んで日を置かずに鶏を平らげるぐらい造作もないことだろう。コート・ダジュール氏の他人の体を使った「胎内くぐり」の予行演習だ。

ノグチの胃袋がせり上がって来た。

蛇を購入した客がその蛇を使って犯罪行為に走ろうと自分には関わりのないことだと割り切っていた。蛇の生命に危険がおよばない限りこちらの知ったことではないと考えていた。しかし、いざ現実の話になると猟奇的展開は性に合わない。

コート・ダジュール氏から連絡が入ったのは三日後の昼であった。

彼は上機嫌だった。

「君、いい知らせだ。蛇が私を絞める気配を見せた」

「絞めたんですか」

「気配だけだ。しかし、いい傾向だ。私がケージに入ると蛇がまとわりつき、私の体を検査するようにあの二股に分かれた舌でちろちろと舐め回すのだ。私を獲物として認識し始めた証拠じゃないか」

「ふむ。それは有望かもしれません」

「鶏を飲んだことが獲物を狩る行為の呼び水になったのではないかな。このタイミングを逃したくない。私はこれからもう一度ケージに入りあいつを挑発してみるつもりだ」

コート・ダジュール氏は一拍置いて続けた。

「君に頼みがある。二時間経ったら私の家に来て欲しい。玄関の鍵は開けておく。ケージを覗いてもし私が蛇に飲み込まれていたら祝ってくれ。上等のシャンパンを用意しておく。私は声を上げられないだろうが蛇の腹の中から手を振るよ」

彼は自分が蛇の胃袋に収容されてしまった場合のその後の措置についてノグチに説明した。

蛇の腹がコート・ダジュール氏の体ではちきれそうになっていたとしても、すぐに警察を呼ばないこと。警察が駆けつけたら飲まれた人間を救出するため蛇の腹は裂かれてしまうだろう。必ずコート・ダジュール氏の体が完全に消化されたのちに警察には通報すること。コート・ダジュール氏亡きあとの蛇についてては、ノグチの手元に戻してもいいし、動物園に飼育を委ねてもいい。その判断はノグチに一任する。以上の案件は遺言状に明記し、顧問弁護士に委託済みである。

アンリ・ルソーの森は静寂に包まれていた。

ノグチは車を降りると小走りに玄関へ向かった。扉は開いていた。胸の鼓動が早まった。コート・ダジュール氏は満願成就を果たしたのか。ノグチは部屋に踏み込んだ。豪奢な広間に据えられたケージに動くものはなかった。静止した物体が二つ並んでいた。コート・ダジュール氏と、アナコンダと。飼い主は素っ裸で仰向けに横たわり、大蛇はだらしなく体を伸ばして寝ていた。ノグチはケージの脇から中に入った。

「お客様」

ノグチは裸の男のそばに膝を突いた。コート・ダジュール氏が薄目を開けた。

「大丈夫ですか」

ノグチは言った。大丈夫か、というのは、怪我はないかという意味ではない。精神的打撃は大丈夫かという意味である。状況はコート・ダジュール氏の希望が叶わなかったことを示している。裸の男はのろのろと半身を起こした。

「確かにこいつは自分の意志を見せた。咬みつきこそしなかったが、私の体に太い胴を巻きつけてきたのだ」

彼は力なく喋り始めた。

「だが、私の体を絞めつける寸前、彼の中からその衝動が失せてしまったようだ。この爬虫類の強力な筋肉は軽く私を包んだだけであっさりと離れてしまったのだ。あと少し、もう一息だったのに」

彼はかたわらの大蛇を見た。

「この蛇は子供時代、親から人間を狩ることを教わらなかったのではないか。豚や鳥なら飲んでもいいが、人間は飲んではいけないとどこかで刷り込まれたのではないだろうか」

「蛇はライオンとは違います。狩りの仕方を親から教わることはありません」

ノグチの脳裏に、蛇の口から郵便配達人の足だけが出ている光景が浮かんだ。

「そうか」

蛇の消化管に突入することに失敗した男はよろめきながら立ち上がった。それに反応するかのように長々と伸びていたアナコンダは鎌首をもたげ、胴体をアコーディオンのように動かして蛇らしい体裁をつくろった。

「お聞きしたいことがあります」

ノグチは、陰茎をむき出しにしたままケージの外に出て来た男に言った。

「庭に郵便配達のバイクが捨ててあります。ご存知ですか」

「郵便配達のバイク？」

「このあたりで郵便配達人が行方不明になっているそうです。あれはそのバイクじゃないかと」

「知らんな。我が家の庭はジャングル状態だから粗大塵の不法投棄には持って来いらしい。不心得者が色んな物を捨てに来る。しかし、郵便配達のバイクとは妙だな」

コート・ダジュール氏は本当に知らない様子だった。それはつくろった表情ではなかった。

「しつこいようですが本当に心当たりはありませんか」

「知らないものは知らない」

館の主は毅然たる態度で答えた。ノグチはそれを見て胸をなで下ろした。

「実は、あなたを疑っておりました。あなたが蛇の捕食能力を試すため郵便配達人を襲わせたのではないかと」

ノグチはばつが悪そうな表情だ。コート・ダジュール氏はぽかんとしている。

「馬鹿も休み休みに言いたまえ。どこの馬の骨だかわからない男を飲んだ口で私が飲まれてたまるものか。あの蛇が絞めつけ、仮死状態にし、胃袋におさめるのは私一人でなければならない。不浄な入り口を潜っては至高の場所へ行き着くことはできないのだ」

「そうでしたね、私の思い違いでした」

ノグチは頭を下げた。

図書室を兼ねた居間でコート・ダジュール氏はシャンパンのボトルを手にしている。服を着た彼は伊達男に戻っていた。彼が裸になっていたのは自分が飲まれた場合、蛇の消化器官に負担を与えぬための配慮であった。

ノグチは天井まで届く書架を背に腰を下ろしていた。彼は何か月振りかで椅子に座った気分だった。

「九メートル四十三センチだった」

冷えたシャンパンをノグチのグラスに注ぎながらコート・ダジュール氏は言った。グラスの中で輝くのは彼の肉体が蛇の胃袋におさめられていた場合、祝杯となるはずの酒であった。

「測ったんですか」

ノグチの問いに館の主はうなずいた。

アナコンダの体長である。コート・ダジュール氏が体長を測定するとき蛇は棒状に体を伸ばして協力してくれたらしい。

一九九三年以降、「野生生物保護協会」は体長九・一メートルを超える蛇を捕獲した者に五万ドルの報賞金を出すことを約束している。

これまでのところ賞金を獲得できた者はいない。

コート・ダジュール氏がその情報を知っているのかどうかはわからない。彼は話題にしなかったし、ノグチも黙っていた。

「お疲れのようですね」

ノグチは微笑を浮かべてコート・ダジュール氏の憔悴しきった顔に言った。彼の疲労は大蛇との心理の駆け引きによるものだけではなさそうだった。

「裏の色情狂の夫婦が昨夜は一段と激しい合戦をやりおってな、一晩中眠れたものではなかった」

コート・ダジュール氏は充血した眼をこすった。睡眠が足りていればもっと神経を集中でき、「胎内くぐり」に成功していたかもしれないと彼は言いたげだった。ノグチはこの奇人に親愛の情を感じた。

「この屋敷は曾祖父が建てた」

館の主は椅子に深く沈んだまま部屋を見渡した。壁の半分を占める書架と絵画には時が降り積もったままだ。

「高祖父は明治期に軍需産業で財を成した実業家だった。曾祖父は事業を継がず、美術に傾倒した。彼はヨーロッパに渡って英国人画商の弟子になり、その後画商と共にアメリカへ移った」

第一次世界大戦後のアメリカは富豪が金に糸目をつけずヨーロッパから流入した名画を買い漁る一大市場だった。

「曾祖父は英国人画商の右腕として活躍した。ロックフェラーなどの顧客を開拓したのも曾祖父だよ。アメリカは美術品をしかるべき施設に寄贈すれば所得税や相続税を節税できるから高価な名画も売り込みやすかったんだ」

コート・ダジュール氏はシャンパングラスを掲げた。栄華を誇ったコート・ダジュール一族だったが、代々の当主の最期はほろ苦かったようだ。

「高祖父は客船の沈没事故で死に、曾祖父は商談で訪れたサンフランシスコのホテルで心臓麻痺を起こして死んだ。祖父は中国美術の専門家だった。戦時中、中国の旧家から買い叩いた国宝級の美術品を資本家達に売りまくって大儲けをしたが、戦後米軍のジープに撥ねられて死んだ。売れない音楽家だった父は千三百十一曲目の世間に相手にされない曲を書き上げた直後、肝硬変で世を去った」

五代目は椅子から立ち上がった。

「私は現《うつ》し世《よ》から脱皮せねばならない」

彼はグラスを掲げたままノグチのそばへ歩み寄った。

「九メートル四十三センチに祝福を」

二つのグラスは合わされかけて止まった。

どこかで炸裂音がした。コート・ダジュール氏はグラスを持ったまま音のした方向を見ている。それは屋敷の外だった。再び何かが爆《は》ぜた。ノグチもグラスを持ったまま腰を浮かせた。

爆発音が部屋に響き、ステンド・グラスの窓が飛び散った。ノグチとコート・ダジュール氏は衝撃で吹き飛ばされた。ノグチが床に転がって顔を上げると今度は天井のシャンデリアが粉微塵に砕けた。霙《みぞれ》のようなガラスの破片が降りそそいだ。ノグチはテーブルの下へ上体を滑り込ませた。

「何事だ」

頭をガラスの粉末で真っ白にしたコート・ダジュール氏が叫んだ。

「わかりません。この部屋は危ない、向こうへ」

ノグチは館の主の腕を取り、這うようにして隣室へ避難した。破裂音が二度連続して起きた。またガラスの砕ける音。ノグチはそれが銃声であることを悟った。二階にあるこの部屋を何者かが狙い撃ちしているのだ。

隣室の小窓からこわごわ覗くと、庭で散弾銃を構えた男が何事かわめいているのが見えた。四十代とおぼしき太った男だった。男は怒りの形相で濁声《だみごえ》を張り上げていた。何を言っているのかは聞き取れない。男は一階の壁に向けて一発撃つと銃を構え直しこちらに向かって来た。ノグチはポケットを探った。携帯電話が見当たらない。どこかで落としたらしい。散弾銃が再び吠えた。それはさっきより近い場所からだった。ノグチは警察に通報することをあきらめた。

「こっちに来ます。逃げましょう」

「一体何が起こったのだ」

コート・ダジュール氏の額は朱《あけ》に染まっていた。

「散弾銃を持った男が侵入しています」

ノグチはコート・ダジュール氏と一緒に中腰で走った。

「どこかに隠れる所はありませんか」

「屋根裏部屋だ」

「では、そこへ」

曲がりくねった廊下を進むと、突き当たりに目立たぬように設置された階段があった。狭い階段をノグチは何度も足を滑らせながら登った。

屋根裏部屋は立って歩けるほどの高さがあった。陶磁器を収納した桐の箱やアンティーク家具が無造作に積み上げられている。

「ここならまず大丈夫だ」

館の主は息を弾ませた。額の流血は止まっていた。

「さらに安全を期すならこの中に隠れていればいい」

彼は西洋風の長持ちを拳で叩いた。

「十八世紀のロンドンの石切り職人が使っていた道具箱だ。頑丈に出来ておるからここならば」

コート・ダジュール氏は長持ちの蓋を開けて見せた。三つの絶叫がいっぺんに上がった。一つ目はノグチの、二つ目はコート・ダジュール氏の、三つ目は長持ちから飛び出して来た男のものであった。ノグチと館の主は尻餅を突き、飛び出て来た男はのけぞって後方にでんぐり返りし、アンティーク家具の間にはさまっていた。男は素っ裸だった。

「何者だ。君は」

コート・ダジュール氏は震える指を男に向けた。

「助けてくれ。殺される」

男は手を合わせた。

「君はどこの誰かと聞いておる。理由がわからなくては助けようがない」

「ええと、あの、おれは郵便局に勤めている者です。は、配達員です」

「何、もしかするとうちの庭に赤いバイクを投げ込んだのは君か」

「そ、そうです。隠すにはここしかなかったから」

「警察が君を捜しているぞ。私も三日前警官から職務質問を受けた」

ノグチは警官に見せられた写真より少しだけ男前の青年に言った。

銃声が響いた。郵便配達人は家具の山に頭から潜り込んだ。生っ白い尻が丸出しだった。

ノグチは男を引きずり出して詰問した。

郵便局員は裏の家から逃げて来たのであった。散弾銃の男に追われ、この屋敷に駆け込み、屋根裏部屋に潜んだ。彼は北側の家の女房の愛人だった。この数日、コート・ダジュール氏を悩ませていた宇宙へ届けとばかりの欣喜雀躍《きんきじゃくやく》の轟《とどろ》きは、若い郵便配達人と人妻の放吟《ほうぎん》であったのだ。男は郵便物を届けるうちに多情な女房と心を通じ、やがて男女の関係に発展したものとみえる。

「旦那が海外出張で二週間は帰らないって言うから泊り込んでいたんだ。それが、さっき突然旦那が帰って来て」

若い郵便配達人は悪びれもせず事情を説明した。荒々しい足音が床を踏んでいた。

「どこだ、出て来い」今度はその声を聞き取れた。立て続けに散弾銃が発射され、物が壊れる振動が伝わった。妻を寝取られた亭主は屋敷に侵入し屋根裏部屋に迫っていた。

「さっき階下《した》で大きな蛇を見た。あのアオダイショウをけしかけて奴を襲わせたらどうだ。蛇が飛びかかった隙に銃を奪う」

裸の配達人は提案した。

「蛇が奴を飲み込んだあとで蛇も撃ち殺せばいい。銃撃犯を片づけ、危険生物の脱走を阻止したってことで表彰されるかもしれないぞ」

男の目は狡猾そうに動いた。

「かくまってやろうと思っていたが、君の今の一言で気が変わった」

コート・ダジュール氏の顔がどす黒く変色していた。

「出て行きたまえ。君を助ける気にはなれない」

大蛇の飼い主は冷たく言い放った。ノグチもまったく同感である。郵便局員は侮辱してはならぬものを侮辱した。彼はその責めを負わねばならない。

「何でだよ、待ってくれ」

急転した状況に配達人は泡を食っていた。

「殺されるよ。死にたくない」

「雨樋を伝って下に降りろ。降りたら突っ走れ。我が屋敷に鼠のように忍び込んだそのすばしっこさならそれぐらいお手の物だろう」

館の主の顔には同情心のかけらも浮かんでいなかった。

「早く行け。行かないと散弾銃が君の頭を吹っ飛ばす前に私が君の頭を砕いてやる」

コート・ダジュール氏は重そうなアンティークの椅子をつかみ、振り上げた。

ノグチは男の尻を蹴飛ばした。それでも決断しかねている男をノグチとコート・ダジュール氏は両脇から挟みこんで階段から下ろした。それは半ば突き落とすという行為に近いものであったが。

郵便配達人を追い出したあと、頃合を見計らいコート・ダジュール氏は階段の下へ向かって叫んだ。

「間男《まおとこ》は外へ逃げた」

屋敷がびりびり震えるほどの大音声であった。どおん、どおん、どおん、と散弾銃の三連射があり、床が激しく鳴った。また一発。追跡者の怒号、逃走者の金切り声、それらが一緒くたになって密林仕様の屋敷林にこだました。

「私共が助かるにはやむを得ない措置だ」

コート・ダジュール氏はすまし顔で言った。ノグチも満足げにうなずいた。

散弾銃を乱射した亭主は逮捕され、無事に逃げおおせた郵便配達人も警察に引っ張られた。郵便物を遺棄して行方をくらませた罪は重い。懲戒免職だけではすまないであろう。

淫奔《いんぽん》な女房は散弾の弾に尻の肉を一部削ぎ取られ入院中である。

コート・ダジュール氏からは折に触れて連絡がある。散弾銃の騒ぎで蛇の体調に悪影響が出ることを心配していたが、何事もなく乗り切れたようだ。

コート・ダジュール氏は彼の桃源郷――光の国へ行くためにあれこれと工夫を凝らしている。養豚業者に頼み込んで豚舎に泊まり込んだり、鶏舎に入り鶏と一緒に寝たり、体に動物の臭いを染みこませて蛇の餌になりきろうと努力している。三十キロの子豚を潰した相手だ。捕食される側も入魂の餌にならなければならない。蛇はそれでも飼い主を食物として認めてくれないとコート・ダジュール氏は笑う。ケージの中に土を敷きつめ、石を配置し、草を入れて自然環境に近づけることを検討したとき、地中海の伊達男の発想は広がった。それならばいっそのこと庭に蛇が生まれた環境を再現すればいいのだと。ベネズエラのアプレ州、エル・フリオの沼地を造りケージで囲う。動物園は観客に動物を見せるためのもの、こちらは一匹の個体の捕食本能を一人の人間に向かわせるための訓練施設である。

ベネズエラの沼の水質や水草の研究をするために専門のスタッフを雇い入れることも思案中だ。蛇に野生本能を目覚めさせるために解決せねばならない問題は山積している。

　例によってコート・ダジュール氏からの連絡は時間を選ばない。寝入りばなを電話で叩き起こされる。

「今日は蛇の目の色が違う。これはいけそうだ」

　ノグチがおっとり刀で駆けつけると、ケージの中には裸のコート・ダジュール氏が寝ており、蛇はその傍らで長大な体をもてあましたように伸びている。館の主は以前と同じ無念の色を浮かべ、

「彼はまた本能を制御した」

　とつぶやくのだった。

　猛烈な雷雨の夜に呼び出されたときは様相が違い、緊張が走った。ケージは空っぽで、開け放たれた窓から雨が吹き込んでいた。

　庭から声がした。飛び出ると楓の巨木の下でコート・ダジュール氏が叫んでいる。蛇が脱走して木に登ってしまったのだ。地表棲《せい》のアナコンダが樹上に絡みついていた。蛇は明らかにパニックを起こしていた。下りようにも下りられない状態だったのだ。雷鳴と青白い稲光と叩きつける雨の中でのアナコンダ救出作戦は、鬼気迫るちょっとした怪奇映画の一場面であったろう。

　蛇が拒食症にかかり、獣医を伴ってコート・ダジュール邸に何日か泊り込んだことも

ある。給餌を神経質になりすぎると却《かえ》ってその個体にストレスを与えてしまうことがある。

このときは蛇が体調を取り戻すまでにずいぶんと時間がかかった。蛇の所有者が誰であるかは関係がなかった。ノグチはこの個体については一蓮托生《いちれんたくしょう》の思いでいる。飼育権がコート・ダジュール氏に移ってからその感情が強くなったのは不思議なことだ。ノグチはときどき、「因果はめぐる」という言い回しを思い浮かべる。

因果の因とはどのような因で、因果の果とはどのような果なのか。そして、めぐるとはどこをどのようにめぐるめぐり方なのか。因果——、あまり歓迎されない文句ではあるが、ノグチは、たぶん、自分にとっては悪くない、魅惑的でスリルのある題目ではないかという気がしている。災厄を裏側に反転させる愉しみ、相手の駒を挟みつけて自分の色に変えるオセロのように。まあ、引っくり返した駒がきらめく宝石の色かどうかは保証の限りではないのだけれど。

だから、月に二度、三度の急な呼び出しがあってもノグチは負担ではなかった。

しばらく音沙汰がないと心配になりノグチの方から連絡したりする。蛇の健康状態も知りたいし、庭に建設予定のベネズエラの沼地計画の進捗《しんちょく》状況も聞いてみたい。蛇の飼い主にも心身ともに快調であってもらわねば困る。

コート・ダジュール氏が初めてノグチの店にやって来てから一年が経った。つい先日もノグチは電話をしてアンリ・ルソーの森の主人と話をした。しばらくぶりだったので会話がはずみ、気がつけば一時間以上が経っていた。

まだ絞める気色《けしき》はないそうだ。

ジアスターゼ新婚記

The
prince
disappears
yamagami
tatsuhiko

「ぼくは今、丼一杯のシラス下ろしでも食べられるよ」

絹子《きぬこ》が帰宅するなり尚紀《なおき》が開口一番に言った。

胃袋の具合の悪い日はシラス下ろしが食べたくなる。冬の大根は極上の美味だ。消化酵素のジアスターゼがぱんぱんに詰まっている。

口が曲がるほどの辛い大根下ろしにシラス乾《ぼ》しをたっぷりとのせ、醬油を回しかけて熱々の飯と一緒に頰張れば、弱った胃袋も活性を取り戻す。「丼一杯のシラス下ろし」という夫の第一声は、つまり、彼の胃袋の機能低下の程度を訴えているのだった。

「お腹は調子が悪いと言ってるのに、シラス下ろしのことを考えると別の食欲がわいてくる。大根って不思議だな」

絹子は尚紀の話を聞き流しつつコートを脱ぎ、マフラーを取った。都市部と田園地帯の境界に出来たこの街は凍風《とうふう》の抜け道だ。

骨までしみる寒気は移住した若い家族の活動意欲をも萎えさせる。これに雨粒が加わった夕刻の街は地の果ての開拓地さながらである。

絹子は駅からこのマンションまでのタクシー代を惜しんだことを後悔した。彼女は濡れ鼠になった体を震わせた。

バスルームに飛び込もうとする彼女の背中に尚紀の声がまだ解説を続けていた。あの、シラスをまとい嚢状と化した植物繊維の一塊《ひとかたまり》を味蕾《みらい》にのせたいという狂おしい欲望にどれほど自分が取り憑かれているのかを。

調理台に夕食の材料が並べてある。葉つきの大根、人参、牛蒡《ごぼう》、椎茸、蒟蒻《こんにゃく》、豚ロース肉の薄切り、味噌。具沢山の豚汁が出来るらしい。でも、主役は口が曲がるほどのシラス下ろしなのだろう。

尚紀はなぜか絹子の顔を見てからでないと調理を始めない。豚汁のような手間のかかる料理は早めに作っておけばいいものを、と思うのだけれど。

「メンバーが後ろにいないとスイッチが入らないんだ」

尚紀は調理始動のタイミングについてそう説明する。妻はメンバーなのか。絹子は夫のピント外れの言語表現に異議を唱えようとしたが、開きかけた口は気力をなくしてそのまま閉じてしまった。まあ、尚紀の料理は手早いし、美しいし、味も申し分ないので、台所仕事のからきしだめな絹子としては贅沢の言えないところだ。

絹子はバスタオルを頭からすっぽりとかぶり長椅子にもたれて缶ビールを開けた。白熊の毛皮みたいなジャージーを着ているから先ほどの濡れ鼠より威勢がいいように見える。

テレビはどのチャンネルも同じようなニュース映像が流れている。コロナ特措法改正案の衆院可決、ミャンマー「軍政復古」を国内外が憂慮、愛知県知事リコール不正、署名の八割が無効——。

鰹出汁《だし》のいい匂いが漂ってきた。絹子は以前インスタント出汁と鰹節でとった出汁の違いがわからなかった。

「それを知るいい方法がある」

新婚生活が始まったばかりの頃、尚紀が急に教師の顔になって言ったことがある。最初の半月間、鰹節でとった出汁の吸い物を飲み、次の半月間はインスタント出汁の吸い物を飲む。そして半月後、再び鰹節の出汁に戻る。この瞬間、鰹節の出汁の旨さがわかるというのである。

それは事実だった。絹子は鰹節から出汁をとる手間が何のためのものかを五感で理解したのである。

携帯電話の着信音が聞こえた。絹子が目をやると尚紀が包丁を片手に電話に出ていた。尚紀の口調と仕種から相手が誰なのか想像がついた。

「絹さん、ごめん」

尚紀は途方に暮れた面持ちで絹子を見ていた。片手は絹子を拝む格好だ。

「今夜のご飯、だめになっちゃった」

彼は続けた。

「鳴海《なるみ》さんからのお誘いだ。行かなきゃ」

尚紀は空気の抜けた風船みたいになっていた。緊急事態発生。彼は出かけなければいけない。たった今気炎を吐いて厨房に立ったばかりなのに。順番待ちの行列が狂っちゃった——尚紀は彼独特の表現で間の悪い展開を呪いながら夕食の材料を片付け始めた。出汁だけはとった。けれどもまだ調理は手付かずである。

尚紀は夜の街に繰り出したいわけではない。誘いを断りきれない相手なのである。彼の表情にはシラス下ろしを断念せねばならない無念さが表れていた。絹子も肩透かしを食った気分だったが、ドアからバスルームまで彼女の耳元に響き続けた夫の情熱が虚仮《こけ》にされた労《いたわ》しさの方に心は傾いていた。

「豚汁とシラス下ろしは明日だ」

尚紀は絹子の額に軽くキスをした。詮方無《せんかたな》し。お詫び。誠実なキス。

「いいわよ。私適当に何か食べとくから」

尚紀はいったん広げた食材を手際よく冷蔵庫に戻し始めた。それは絹子が参加のしようもない作業だった。肉や魚や野菜は料理と名を変えるまで彼女には触れ方すらわからぬ未知の物質なのである。妻が子供のように突っ立ったかたわらで、夫がてきぱきと食材をしまい込む姿には夫婦の日常が象徴されていた。

尚紀の長い体が折り曲がるようにしてドアの枠をくぐり寒空の下に出て行った。

尚紀は以前、地方銀行の陸上部で女子走り高跳びのコーチをしていた。そこが廃部になったあと退職して、クラブを立ち上げた。四年後にはアジア大会に出場できる選手を育てると意気込んでいたが、二年もたたぬうちに潰れた。スポンサーを求めて企業を訪問し、頭を下げて回るのは尚紀には荷の重い仕事だったようだ。優秀な選手を育てる夢は頓挫《とんざ》したままだが、家事を受け持つ役柄は彼に合っているようで、楽しげにキッチンに立ち、掃除機を操る姿に失業男性の悲哀はない。元アスリートとしての活動といえば、陸上競技イベントでの特別コーチぐらいのものだ。小学生や中学生を相手に簡単な指導をし、ジャンプをしてみせる見世物芸人のような役回りだが、小遣い銭稼ぎと体力維持のために本人は歓迎している。

今、電話をしてきた鳴海は尚紀の大学陸上部の先輩でありイベントの仕事も斡旋してくれるので、尚紀としては無下に断るわけにはいかないのである。軍隊の上下関係ではあるまいし、そこまで唯々《いい》として従う必要もなかろうと思うのだが、運動部の先輩後輩のしがらみとはそういうものらしい。絹子はこの鳴海という身長百九十七センチの元棒高跳びの選手が好きではなかった。尚紀には早い機会にどこかで交友関係を断ってくれることをいつも願っていた。

尚紀がとった出汁だけが調理台に取り残されている。鍋から揺らめく湯気は話し相手を求めているみたいだった。絹子は冷蔵庫の野菜室を開けてみた。色分けされた野菜が整然と詰め込まれた光景に彼女は目が眩《くら》んだ。料理以前に、私には無理だ——私にはできない。食材をこのように美しくレイアウトする能力とはどのような研鑽《けんさん》を積んで得られるものなのか。無農薬栽培とラベルの貼られた大根が牛蒡や人参や椎茸を左右に従え存在を主張している。大根はごつごつとしていて規格外の野性味があった。皮に切れ込んだ皺が何本も走り、それが頑固な老人の渋面のように見えた。絹子にはよくわからないのだけれど、確かに擂《す》り下ろしたら猛烈に辛そうな大根だった。


絹子は缶詰のビーフシチューと残り物のバゲットで夕飯をすませた。彼女は明日施主に見せるための設計プランを練っている。

端正さと素朴さと生命を喚起する形態、住宅設計は母鳥の巣作りのごとくあれ——。絹子が勤める建築事務所のモットーである。

依頼者に建築家の理念が届くことはまずない。設計者と施主の建築への認識の落差はあまりにも大きく、両者の融合地点はいつも工場生産のパネルを張り合わせた建売住宅と似たり寄ったりのレベルに落ち着く。

絹子は一九五〇年代から一九六〇年代にかけての幾何学形態を設計の基点にしたアメリカの住宅が好きだった。家を居間や台所や寝室といったあらかじめ名付けられた空間の集合体として考えるのではなく、建物の空間全体を人間同士の結びつきの場としてどう捉えるかという建築家の考えに心惹かれる。その設計思想は今も古びていないと思う。絹子には空間の探求など夢のまた夢だ。それ以前のずっと稚拙な段階で依頼者と渡り合わねばならない。

友人宅のホームパーティーで尚紀と出会ったとき、絹子は西洋の建築文化の壁と日本の住宅事情の間で板ばさみになった自分を哀れんでいたので、元走り高跳びの選手だというひょろ長い男性が幾何学形態の建築物、直方体に見えた。安物のスパークリングワインで頭の中が高潮状態だったこともあるけれど。この直方体の男の子に凝り固まった建築概念を流し込むことで私の心の澱《おり》を濾過《ろか》できないかしら——。建築物——家の理念は設計者のものでもなければ依頼主のものでもない。すべての人間のものだ。その探求のために、元走り高跳びの男の子は直方体の肉体をもって能力を披露する義務があるのではないだろうか。波間に揺れる意識の中で絹子はそんなことを考えていたらしい。

尚紀との交際はそこから始まったわけだけれど、スパークリングワインの酔いが醒めても尚紀の人格が幾何学形態の魅力を保っていたことは絹子にとっての僥倖《ぎょうこう》だった。尚紀の人格は既成概念という部屋に区分されていないひとつの大きな空間だったのである。

施主に提案する設計プランは熱のこもらないものになった。尚紀と出会った日のワインがまだ効いているかのように体がふらつく。

ドアの鍵が開く音を絹子は夢の中で聞いた。たぶん午前一時半過ぎ、尚紀が先輩と飲み歩くとたいてい帰宅はそのあたりの時刻になる。

絹子の意識が眠りの底へ落ちて行き、再び浅瀬に引き上げられた。床を踏む音と、毒づくような声が入り乱れていた。絹子は物音に誘われるようにベッドを抜け出た。尚紀が冷蔵庫の前にしゃがみ込んで荒い息を吐いていた。彼の周囲には冷蔵庫の収納物が散乱していた。絹子の寝ぼけ眼に缶ビールや牛乳の紙パック、蓋の開いた瓶詰め食品が映った。目の焦点が合うにつれ状況が鮮明になった。野菜の残骸である。人参や牛蒡は引き千切られ繊維の塊みたいになり、白菜は葉をむしり取られ、捩《ね》じ切られて芯の部分が丸裸で転がっていた。何日か前に煮物に使った南瓜《かぼちゃ》の残り半分は中身がきれいに刳《く》り抜かれて皮だけになっていた。椎茸も葱も蒟蒻も荒挽きの挽肉の様態で床のあちこちに張りついている。無事なのは大根と玉葱だけだった。

「何なの、これ」

絹子は声を呑んだ。

「豚汁だけでも作って寝ようと思ったんだ」

尚紀は絹子へ顔を振り向けた。その手には擂《す》り粉木《こぎ》が握られている。絹子は豚汁と尚紀が握りしめている擂り粉木との関連がつかめなかった。

「キッチンに来てみたらこの有り様だ」

尚紀はほろ酔い機嫌で料理をするのが好きだ。この日は先輩の呼び出しに調理の出鼻をくじかれたこともあって、帰宅後、酩酊状態ではあったが一品でも作らないと眠れない心境だったのであろう。

「冷蔵庫の扉が開いてた」

尚紀は擂り粉木で冷蔵庫の前面を小突いた。絹子にはまだ擂り粉木の意味がわからない。

尚紀の話を聞くうちに事と次第がようやく明瞭になった。

部屋に戻った尚紀は鼻歌混じりの足取りでキッチンに入った。その途端、酔いがさめた。彼の眼前に野荒しの襲撃をうけた野菜畑のような光景が広がっていたからだ。累々たる屍《かばね》が野菜であることは彼の衝撃を少しも和らげはしなかった。

「鼠だ」

尚紀は直感した。以前、冷蔵庫に侵入した鼠に食料を食べつくされた知人の話を聞いていたので彼には犯人の見当がついた。冷蔵庫の扉は両開きである。左右どちらからでも開いて便利なのだけれど、構造上の欠陥なのか扉が閉まりにくい。軽く押しただけでは扉はわずかな隙間を残してそこで止まってしまう。扉の閉め忘れはしょっちゅうだった。鼠はそこを狙って侵入したのだ。尚紀は素早く冷蔵庫の扉を閉め、調理台の引き出しから擂り粉木を摑み出した。息を整え、再び扉を開けた。

彼は片手で得物を構え、片方の手で野菜を食い荒らした犯人の捜索を開始した。冷蔵庫の上段から下段の冷凍室まで隈《くま》なく探した。袋に入った食品はすべて開封し中身を点検した。ジャムの瓶まで蓋を開けて中を確認した。侵入者はいなかった。逃げ出したのかもしれない。尚紀は酔っていた。彼の動きは隙だらけだったろうから、あのすばしこい小獣の脱出するチャンスはいくらでもあったはずだ。

尚紀はのろのろと片づけを始めた。野菜の残骸を新聞紙にくるんで塵箱に詰めていく。嵩張《かさば》る野菜はすぐに塵箱一杯になった。絹子も清掃に参加した。引き裂かれた白菜を拾い集めていると野菜殺害現場を調べる検視官の気分になる。ジャムや佃煮の瓶の蓋を閉め直し、冷蔵庫の元の場所に戻す。中身の点検のため開封した加工食品の袋を一つ一つ保存用パックに入れる。食品の袋には鼠が穴を開け侵入した痕跡はなかった。封を切って調べるまでもなかったろうに。袋入りの食品はともかく、尚紀は未開封のジャムの瓶まで蓋を開けて調べていた。何がなんでも鼠の姿を見つけずにはおかないという尚紀の切迫した心理がその行動を生んだのだろうか。鼠がジャムの瓶の蓋を回し開け、侵入して内側から再び蓋を閉める光景を彼がイメージしたとすれば、そのパニックの度合いは絹子の空想力では追いつかない。

明日は冷蔵庫の大掃除だ。絹子は床の汚れをふき取ったあとでそう考えた。病原菌だらけの齧歯《げっし》類が這い回ったのなら消毒しなくてはならない。この派手な狼藉は一匹や二匹の鼠の仕業ではない。冷蔵庫の中はペストが大流行した中世の町のごとく汚染されている。


絹子が施主との打ち合わせを終え、外に出たところで携帯電話が鳴った。

「鼠じゃなかった」

尚紀の声は緊迫していた。

「何？」

絹子も尖った口調になった。施主を相手のやり取りで彼女は消耗していた。

「鼠じゃなかったんだよ」

尚紀は深夜の冷蔵庫騒動の続きを報告しているようだったが、絹子には相手をしている暇がなかった。話は帰宅してから聞くことにして夫の声を遮断するように電話を切った。

「天然素材への敬意を持っている」

と気取った顔で語っていた施主がリビングルームのガラス戸の枠をアルミサッシにしたいと言い出した。絹子は木の枠でないと建物の雰囲気にそぐわぬと説得したのだが無駄だった。「石壁には神秘的存在感がありますよね」「石とか木の感触に惹かれるのは、あれはつまり人の心に廃墟への憧れがあるからです」あの知った風な台詞は何だったのか。鼠じゃなかった？　鼠じゃないなら何なのよ。

絹子の頭の中で設計依頼者と尚紀の顔がまぜこぜになり、彼女は下手糞なモンタージュ写真みたいになった二人の男に八つ当たりをせねばならなかった。

絹子は早めの帰宅をした。ドアを開けると待ち受けていた尚紀の言葉が速射砲みたいに降って来た。

「昨夜野菜がやられちゃったからぼくは買い物に出かけた。帰って来たらそれが起きていた」

絹子は覚悟していたので興奮した彼の言葉を冷静に受けることができた。

「キッチンから物音がしたんだ」

それは硬いものを齧《かじ》るような音だった。尚紀は音の発信源を探した。冷蔵庫だった。物音は軟らかい何かを咀嚼するものに変わっていた。尚紀は恐る恐る野菜室を開けた。残っているはずの大根と玉葱がない。野菜室の底に穴が開いていた。穴から何か蠢くものが見えた。そこは魚や肉を収納するスペースだ。

尚紀は野菜室を閉め、一気に下の冷蔵室を引き出した。するめ烏賊《いか》、鰤《ぶり》、鮭、浅蜊《あさり》、それらが蜘蛛《くも》の子を散らすように逃げ惑った——、と見えたのは錯覚で、パック詰めの烏賊や切り身の鰤が動くわけはない。しかし、何か生き物の動作が尚紀の網膜をかすめたことは確かだった。それが尚紀の空目《そらめ》を誘ったのだから。

　尚紀は冷蔵室に差し入れようとした手を止めた。大根の背中が見えた。「背中」と理解したのはそれがそうと呼ぶしかない気を発していたからだ。

　大根は豚のロース肉を押さえつけていた。背後からもそいつの顎の動きが見てとれた。咀嚼音は顎の動きに連動していた。尚紀の気配を察し、大根が振り向いた。目が合った。それは視覚器官を内蔵する溝だった。切れ込みの入った皺――、その皺が不敵に尚紀を睨《ね》めつけ、裂けた大口からぞろりと鋭い歯が覗いた。豚肉の切れ端が歯の隙間に絡みつき、玉葱の破片が口の奥からこぼれ落ちた。大根は豚肉と玉葱を食い荒らしていたのだ。尚紀は逃げ出そうとしたのだろうか、大根を押さえつけようとしたのだろうか、たぶん後者だ。指先に鋭い痛みが走り、そいつに嚙みつかれたとわかったから。大根が跳ね上がって尚紀の顔をめがけて飛びかかって来た。彼は尻餅をつきながら床に転がったワインの空き瓶を摑み、振り回した。尚紀の瓶の反撃をくぐって大根が攻撃を仕掛けて来る。鮫のような歯が尚紀の鼻先を何度もかすめた。敵の動きが素早いのか、尚紀の動きが鈍いのか、空き瓶は相手を捕らえることができない。そもそも彼は何を相手に闘っているのかわからなかった。盲滅法《めくらめっぽう》の一撃が大根の胴にヒットした。大根は床に激しく体を打ちつけ、バウンドして転がった。尚紀は流しの下から包丁を引き抜くと、そいつのずんぐりとした体をめがけて振り下ろした。刃は狙った胴ではなく頭部に食い込んだ。つまり、葉のついた先端部分である。物足りない一打《ひとう》ちに思えたが、大根は激しく体を痙攣させ、次第に動きを止めた。大根は深手を負った悔しさからか、歯をがちがちと鳴らし、唸り声を上げていた。葉と首の部分には大根の運動中枢を司る器官でも備わっているのだろうか。

「ぼくは大根を紐でぐるぐる巻きにし、縛りつけた」

尚紀は長い腕でそのときの様子を再現して見せた。

「大根に噛みつかれた？」

絹子の目が細まった。

「大根がぼくを噛んだんだ」

尚紀は負傷した指をかざした。人差し指の先端に血が固まっている。絹子は長い時間彼の顔を見ていたように思った。しかし、実際は寸秒の間であっただろう。

「その大根はどこ」

絹子は歪んだ表情で唸った。尚紀はバスルームを指差した。絹子の足が床を蹴った。彼女は自分の姿を大昔の時代劇に出て来る御殿女中のようだと思った。城中の一大事に薙刀《なぎなた》を脇に構えて駆けつける腰元。

脱衣所、洗濯室兼用のスペースにそいつの姿があった。その場所を尚紀が選んだのは大根を乾燥させないための措置に違いない。異常事態下においても彼は食材への配慮を忘れなかったのだ。青い葉を頭に頂いた大根は荷造り用のビニール紐でバスルームのガラス戸の把《と》っ手に縛りつけられていた。乱雑に巻きつけられたビニール紐が大根の表皮に食い込んでいるのが陰惨なユーモアを醸していた。

ごつごつと盛り上がった筋肉と縄の組み合わせはまるで責め絵だ。大根は緑の頭髪を枝垂《しだ》れさせ、微動だにしない。葉の根元に尚紀が包丁を打ち込んだ深い切れ目があったが、狂暴な歯を生やした口は見えなかった。

絹子は恐る恐る手を伸ばした。指先にひんやりとした感触があった。鼓動も体温も伝わって来なかった。大根。絹子の認知範囲の限りにおいてそれはただの大根だった。

「気をつけて」

尚紀の引き攣《つ》れた声に絹子はびくりと指を引っ込めた。

夫は何をしたのだろう。絹子は自分の問いにかぶりを振った。彼は理由があるからそうした。大根を緊縛することは公序良俗に反しない。彼の行為は正当である。この大根は同族の野菜を襲って原形をとどめぬまでに引き裂き、冷蔵庫の床を破り、階下のスペースに侵入して豚肉や魚をも漁ったのだ。かかる物騒な野菜を放置しておいては世の食材のみならず、人間も枕を高くして寝ていられない。

絹子はバスルームの容疑者を凝視した。

地球外生命体？　突然変異の野菜？　未知の新生物？　疫病の変異種が大根に取り憑いた？　彼女は夫が生みだした妄想を眺めているのだろうか。絹子は後退《あとずさ》りし、両手の指でこめかみを押さえた。私と夫が光の降る大通りを闊歩しているのではないことだけは確かだ。

私達は永遠にテラスに出ることのない螺旋階段を登っている。魔物を尻に食いつかせたまま。

もしかして――、絹子は視界に稲妻が走るのを感じた。私は人生の岐路に立っている――？　私は結婚の底なしの淵に呑み込まれつつあるのかも。友人宅のパーティーで私の前に立っていた直方体の尚紀は創造的直感を狂わせた謎の建築家が送り込んできた幻影にすぎなかったのか。

わたしは住宅の空間の本性を確かめたいだけ。リビングルームにダイニングルーム。名付けるのはあと。人間がそこに存在することの方が先。大根が人を噛んだりしちゃだめでしょう。重要なのはシラス下ろしじゃなくて灰色の幻想構造物みたいになってしまった私の夫の方なんだから。

美しい夜。愛しい洪水。夢見る金色の旋風。私は歓喜と甘美のあと、わずか一年足らずで心神耗弱の発作に見舞われているのかもしれない。

絹子はしゃがみ込んでしまった。瞼の裏に黒雲が湧き上がる。大根が大口を開けて絹子を威嚇する。双頭の蛇が古代の兵士の頭蓋を嚙み砕く準備を整えるかのごとく。絹子は幻獣を見据えたまま言葉を脳裏に並べた。私は怪物を呼び寄せるかもしれぬ恋愛物語の常套句を甘く見すぎていたのだ。

「食べなきゃ」

尚紀がつぶやいた。

「え？」

「いい大根だから食べなきゃ損だ」

尚紀の言葉に絹子は我に返った。岸辺の陽光がほんの少し蘇る。常套句に罪はないのだ。

そう——、彼女は胸に手を当てた。失望してはいけない。意欲を喪失してはいけない。真っ当な食欲。それこそが正気のよりどころだ。決着をつける。始末をつける。消化器官の味方でなくなった根菜の闇を断ち切る。夫婦の力で冥府からの刺客を、料理の、調理台のルールに則《のっと》って裁くのだ。彼女は立ち上がった。この瞬間、絹子は自分に無縁であった世界へ半歩踏み入った。

絹子は「健康・グリーンハウス」の前に立っている。

尚紀が買い直した豚汁の材料の大半は妖魔大根との戦闘で傷だらけになり、使い物にならなくなってしまった。絹子が改めて買い出しに来たのである。彼女が食材調達の役目を買って出るなど前代未聞のことだった。

絹子は小さい頃美貌の雨蛙になりたかった。

口もお尻の穴もない美人の雨蛙。口も肛門もないということは消化器官がないわけである。では何を食物とするか？　皮膚をなでていく風を食べるのである。これ以上の美しい生き方はない。彼女は高校生になってもキッチンに近寄ろうともせず雨蛙の夢を口走っていたから、母と祖母は小言を言う気力もなくなりため息をつくばかりであった。

料理に思いが至らないから食品売り場などはほとんど覗いたことがない。絹子は久方ぶりの体験に緊張していた。

無農薬野菜と無添加の味噌や醬油を専門に扱う尚紀御用達の「健康・グリーンハウス」は、絹子には店舗そのものが野菜で出来た魔術小屋に思えた。きっと建物の基礎の下には根が生えていて土中から養分を吸い上げているに違いない。

店頭に並べられた野菜はどれも形が不揃いで品数も少ない。泥付きのまま置かれている野菜が多いのは自然食品の印象を強調するためなのだろうか。旬《しゅん》の大根だけは山積みにされていた。節くれ立ち、色浅黒く、かつて漫談のネタにされた「大根足」という女性の脚のイメージとは程遠い。一般の八百屋に並んでいる品物とは別種の野菜に見えた。でも、姿は変われど大根は大根だ。今、マンションのバスルームに縛り付けてあるあの謎の生物とは違う。絹子は夫の遭遇した超常的事態を通じて異形の臭いを嗅ぎ分けられる能力が身についたような気がしていた。絹子は他人に自宅で起きた怪事件の話をするつもりはなかった。彼女が目撃したわけではない。食材の野菜と大立ち回りを演じたのは尚紀だ。彼自身も悪夢の一夜の確信が持てていないのではないか。絹子が外で吹聴することを自分に戒めたのは、まだ半ば夢の中にいるかもしれない夫の心を慮《おもんぱか》った面もある。

若い店主が絹子を見て愛想笑いをした。

マスクをした彼は赤ら顔だった。こんな色の人参があったっけ。絹子はその野菜の名を思い出そうとしたのだけれど「金時人参」という名称は出て来なかった。

「この間、うちの主人がここで大根を買ったの」

絹子は両腕を後ろに回し、肩をすくめた。

「変わってるわね、あの大根」

絹子は怪異譚を口にする代わりにそんな言い回しをした。

「変わってるって、味がですか？」

「味じゃなくて、その、個性があるっていうか、性格を感じさせるっていうか」

「性格ですかあ」

人参の店主の目尻が下がった。絹子も笑うふりをした。それ以上はリアクションのしようがない。絹子は指先につまんだものをくるくると滑らせている。それはキッチンの床に散乱していた野菜の切れ端だった。彼女はこの場所に持ち込んだ自分の「怪《あや》し」の気配を相手が察知してくれることを望んだ。それを取っ掛かりに彼女の心のもやもやが晴れるような会話が引き出せるかもしれない。

店の隅に段ボールが積み上げられている。その中のひとつに穴が開いていた。内側から食い破ったような大きな穴だ。

「この前、鼠が出てね。売り物は齧るし、箱はボロボロにしちゃうし、まいったよ」

絹子の視線に気づいた主人はそう釈明した。

絹子は心の中で頷いた。大根《かれ》は店先で売られているときはおとなしくしている。深夜、人目がなくなると行動を開始するのだ。我が家の冷蔵庫の中で狼藉を働いたように。

主人の口振りでは「鼠」の出現はつい最近のことのようだ。絹子はあの大根に大勢の仲間がいるとは思えなかった。「健康・グリーンハウス」が仕入れる大根にあのような狂賊が何体も混じっていれば被害はそんなものですんではいまい。あの個体一つきり。孤独の生命体。あれは畑の地熱やら微生物やら化学物質やら奈落の妖霊やらが溶け合い呪術を操って生み出した鬼胎なのだ。

「健康・グリーンハウス」で販売する大根の生産者が地元の農家であることを店の主人から教えられた。絹子は自転車で出かけられる距離にあるその農家を訪《おとな》う自分を想像してみた。門をくぐり、庭を歩いて玄関をのぞく。薄暗い、だだっ広い土間に記念撮影でもするかのように家族が勢ぞろいしている。八十代の老父母。五十代の長男夫婦。高校生の孫娘と中学生の男の孫。絹子は胸がつまる思いだ。家族全員が怪我をしているからである。顔のあちこちに絆創膏が貼られ、手には包帯が巻かれている。包帯に滲んだ血が痛々しい。五十代の息子は松葉杖をつき、その女房の腕はギプスで覆われている。これは農作業の最前線にいる二人のリスクを物語っている。

「お宅の大根はとっても美味しい」

絹子が称えても、農家の息子は困惑した表情を浮かべるだけだ。大根栽培における土壌の改良や堆肥について質問をすると息子は首を振った。

「大根を作るのはもうやめるよ」

彼は力なく言う。

絹子はこの家族に何が起きたかを知っている。だからそれは聞かない。彼等もそれを口にすることは拒むだろう。農作業の最中に、休息中に、団欒に、あるいは就寝中に、大根が、手塩にかけて育てた野菜が、牙を剥いて襲いかかって来る怪異を世間にどう説明せよというのか。

「あのことは、なかったことだと思いたい」

松葉杖の長男の目には薄っすらと涙が浮かんでいる。絹子は伴侶が同じ体験をした者として無言で彼に頷き返す。そのとおり。なかったことに。それを考えないですむのならそれにこしたことはない。

自転車で一走りすれば農家を訪ねることができる。行こうか、行くまいか。絹子は迷う。大根農家の家族は平和に暮らしているだろうか。家族崩壊の危機に瀕していないか。絹子は荒れ果てた大根畑と人気のなくなった母屋を思い浮かべてみる。破壊された室内に家族の姿はない。一家を殲滅《せんめつ》させるぐらいだから大根《かれ》は一人ではないのかもしれない。もし、そうであれば、あの個体は一人で生まれ一人で消えていくという絹子の考察に反して、事態は深刻な方向へ進んでいると見なければならない。繁殖した大根は人間を敵とみなし、反政府組織を結成しているかもしれない。監視すべきテロリストの根拠地は大根畑と青果市場だ。ある日、一斉に日本中の大根畑や青果市場から武装した大根が立ち上がり攻撃を仕掛けてくる。スーパーマーケットや八百屋の店頭からも合流する者がいるだろう。日本国と日本人を消滅させるのに核兵器はいらない。原子力発電所の五基も同時に破壊すればことはすむ。大根以外の野菜も仲間に加われればその勢力は圧倒的だ。見慣れた八百屋の店先に硝煙と血の臭いが立ち込める。「一本百五十円」の大根の山からひときわ立派なのが起き上がって絹子のそばに近づいて来る。彼は切れ込んだ目を吊り上げ、憎々しい口調で絹子を罵る。言葉の攻撃がおさまると、大根は彼女の向こう脛《ずね》を思い切り蹴飛ばした。それから、倒れ伏した絹子のこめかみに軍用拳銃を押し当て

――。

絹子は「健康・グリーンハウス」から帰路をたどっている。野菜と肉を詰め込んだ買い物袋は異様に重かった。片足に違和感があった。野菜テロリストの群れや彼女を蹴飛ばした大根は掻き消えたが、脛には痛みが残っているような気がした。

マンションのドアを開けると巨人の靴が目に飛び込んで来た。どこやらの寺の山門に掛けてある大草鞋《わらじ》とサイズは大差がない。馬鹿笑いが聞こえる。図体からは想像できない甲高い声だ。絹子は大根のテロリストに破壊された町に戻りたくなった。玄関から居間へ続く通路が果てしなく長かった。絹子が頭に浮かべたままの光景があった。無遠慮に股を広げ長椅子を占領するポーズと、ちょっと首を突き出した上半身の格好まで予想どおりだったので絹子はげんなりした。

「奥《おぐ》さん、おりゃましてまあす」

鳴海が乾杯のポーズでバドワイザーの小瓶を絹子に向けた。呂律《ろれつ》があやしい。百九十七センチの元棒高跳びの選手はひどく酔っているようだった。尚紀は厨房に立っている。絹子と尚紀の目があった。絹子の目は彼を非難していた。なぜここに鳴海がいるのか。しょうがないじゃないか。尚紀は目顔でそう弁明していた。

絹子はバスルームの大根が気がかりだったけれど、突然現れた邪魔者のせいでそれを口にすることもできない。長椅子の前の小テーブルには尚紀が即席で誂えたつまみの数皿が並んでいる。後輩のもてなしに鳴海は脂下《やにさ》がっていた。この陸上部の先輩は学生時代にもこうやって尚紀の部屋に上がり込み酒の肴を作らせていたのだろうか。私の夫はあなた専属のコックじゃない。絹子は鳴海を無視しておいて、尚紀に詰め寄った。

「何でこんな奴を部屋に入れたの」

絹子は夫に怒りをぶつけた。

「転がり込んで来ちゃったんだ」

「蹴っ飛ばして、放り出せばよかったのに」

「そういうわけにもいかないよ」

鳴海がげらげらと笑っている。絹子は鳴海の手からバドワイザーを引っ手繰《たく》り、瓶の底で招かれざる客の脳天を三度叩いた。裁判長が法廷で静粛を求める場面のように。

「こんな厚かましくて卑しい心根の人をつけ入らせたら尚紀は一生奴隷の身でいなきゃならない」

鳴海が何か口をはさもうとしたので絹子はバドワイザーでもう一度叩いた。格納庫のような鳴海の体は絹子の一打など蠅が止まったほどにも感じていないようだった。殴った絹子の手の方が痺れた。泣きなさいよ。絹子は瘤瘤玉を破裂させまた叩いた。鳴海はきょとんとしている。泣いているのは絹子だ。

神様、どうやったらこの無意味に馬鹿でかい厚顔無恥男を泣かせることができるのですか。

これは絹子の空想。彼女は尚紀に詰め寄ってもいないし、鳴海からバドワイザーの瓶を取り上げてもいない。むろんそれを彼の頭に振り下ろしてもいない。絹子は買い物袋をキッチンの床に置いた。「大根だけは買って来なかったわ」と尚紀に小声で伝えたつもりだったが、たぶん聞こえていないだろう。

「鳴海さん、今日、彼女の娘さんのバレーボールの試合を観に行ったんだって」

尚紀がパスタソースの準備をしながら絹子に言った。尚紀お得意の生バジルと松の実のパスタ。手作りのペストソースは市販のものとは香りが格段に違う——。そこまでしてあげなくてもいいんだってば。絹子の顔つきが険しくなったのを見て、尚紀は急いでつけ加えた。

「ほら、鳴海さんが付き合ってる女の人」

鳴海が年上の未亡人と関係がある話は聞いていた。十歳近く歳の違うその女性には中学生の娘がいる。

「その女の子がバレーボール部のエースなんだよ。今日はその子が出場する試合があったんだ」

鳴海が尚紀と飲み歩いたのは昨夜のことだ。

尚紀と別れたあとも鳴海は一人で店を何軒か回ったらしいから、試合会場の彼の席の周囲はさぞや酒臭かったろう。鳴海は恋人とその娘に誠実さを示したあと会場を出て、どこかで昼の迎え酒をあおり、それでも物足りなくて尚紀と絹子の部屋のドアを叩いたというわけだ。昨日の今日だというのにまめなことである。

鳴海が長椅子から立ち上がってふらふらと寄って来た。長身の頭が天井につかえそうだ。日本の社会で生きていくのに一メートル九十七センチはいらないわ。絹子は胸の内で毒づいた。二十センチはよけいだ。あなたのいらない二十センチの中に不善とか害意とか人に寇《あだ》する嫌な物が詰まっているのよ。

絹子は鳴海の体から二十センチを切り取り、再び接《つな》ぎ合わせた人体を想像してみたが、その奇怪さにあわてて画像を遮断した。空気の密度が変化した。尚紀も百八十五センチはあるから二人が立っていると部屋が急に狭苦しくなる。

「奥《おく》さん、ぼがあバレーボールのネットろいうもろを甘く見れいました」

鳴海はわざわざスツールを持って来て絹子の前に陣取った。腰をかけても彼の頭の高さは立っている絹子とあまり変わりがない。

八〇年代ポップスのスーパーデュオといわれたホール&オーツの片割れに似ている。ハンサムな方はダリル・ホールだったか。ただし、目の前にいるのは野暮ったさの勝った演歌の似合いそうなダリル・ホールだ。

「彼女《かのりょ》の娘の練習を見学《けんらく》したとき、ネットを張る手伝《てるだ》いをしたんだ。ぼくもアスリートの端《はり》くれだからそれぐらい何れもないと安易に考えれいたんだね」

自分の風貌を意識する男独特の表情で鳴海は舌をもつれさせた。

「ネットの支柱についれいるワイヤの巻取り器を回しすぎて、ワイヤが切れちゃったんだ。びっくりしたなあ。反動《はんろう》で巻取り器がポーンと跳ね上がってぼくの額《ひらい》を直撃《ちょるげき》した」

全治二週間だったという。絹子は知らなかったがバレーボールのネットを張るときに稀《まれ》に起きる事故らしい。

「素人がしゃしゃり出るもんじゃないね。バレーボールのネットにあんら危険が潜《ひろ》んでいるとは夢にも思《おぼ》わなかった」

鳴海はかすかに傷痕の残る額を指先でなでてみせた。彼はこのバレーボール少女の面倒をよくみているらしい。「いつかおれの娘になるかもしれない子だから」とは本人の弁だが、美少女で背も百七十センチを超える大人びた彼女を鳴海はその母親と共に愛人の列に加えるチャンスを密かにうかがっているのかもしれない。鳴海の女癖の悪さは尚紀の話を通じてわかっていたから、絹子にはワイヤの巻取り器に額を割られた事故は天が彼に与えた警告だと思えなくもない。絹子は近々未亡人とその娘に二十センチ余分な背丈を持つ男から逃れる機会が訪れることを祈った。

鳴海が用足しのために腰を上げた。彼の姿がトイレに消えるのを待って絹子は尚紀に接近した。

「早く追い返して」

「無理だよ、あの人尻が重いし」

尚紀はもじもじとするばかりだ。彼の瞳には天性の服従の星が瞬《またた》いていた。その星辰《せいしん》はある場面では絹子の胸を切なく締めつけるのだけれど、この日のような状況下では彼の心臓へ拳を打ち込みたくなる衝動を絹子に起こさせる。軍事訓練が必要。上官の命令に絶対従わない猛特訓が。わたしが教官になってあげるからついて来て。絹子は無言のメッセージを送ったが尚紀の闘争本能は縮こまるばかりだ。鋳鉄《ちゅうてつ》のフライパンに言いつけてやる。黒光りのする南部鉄器のあいつならあなたのへなちょこ牡鹿の目玉にも遠慮はしないわよ。

絹子は頭の中で尚紀の心臓に爪を立てた。

「私、部屋で仕事をするから、もう出て来ない」

絹子は言い置いて、わざと足音を立てた。

心地良い褥《しとね》——変異種の根菜の問題はあるにせよ——に割り込んで来たこのやけにかさばる鉄面皮を世間にどう問うべきか。絹子は自分を文明語圏の住人だとは思わないから意思伝達の用語を無視したいと考える。「身長一メートル九十七センチの男が新婚家庭に居座って善良な夫と妻を困らせています」では誰も振り向かない。語彙とか文法とか文脈とかを超えたサスペンスで訴えないと。「有害の男の一メートル九十七センチが意思の居座りを従える考えで新婚夫婦の善良を弱らせています」絹子は首を振る。何となく意味が通じてしまう。だめだ。野蛮語の強力《ごうりき》がない。どうしたって非文明語圏へはワープできない。悪霊退散のためには未開人の具象が必要なのに。抽象的思考の慣用に世界は恩恵を受けすぎた。これはその弊害の一例である。私のような建築事務所の設計士風情ですら副反応から逃れられないのだ。

　絹子は下を向いたまま自室へと歩いていたようだ。絹子が顔を上げたその刹那、彼女の体は透明のフィルムになっていた。

「これ何《らり》かのまじない？」

　鳴海が絹子の行く手をふさいでいた。フィルムの彼女は薄さ〇・二ミリの悲鳴を上げた。

　鳴海の手にあの大根が抱えられていたからである。一メートル九十七センチは絹子が視線を落としたほんのわずかの隙にトイレを出て洗面所に入ったのだ。鳴海は意図して絹子の目を盗んだわけではあるまい。絹子が下を向いてあらぬ思考に没入していただけのことだ。彼はバスルームの把っ手に縛り付けられているそいつを見つけた。

「昔、全国大会で北陸へ行っらとき、民家の軒先に玉蜀黍《とうもろこし》がぶら下がってるのを見らことがあるよ。何かの魔除けらって地元の人から聞いたけど、この大根《らいこん》もそうらのかな」

鳴海の手の中で緊縛から解放された大根はおとなしく大根のままだった。

ここは絹子と尚紀の居住空間で、大根は二人のための惣菜の材料である。であるのに絹子は言葉を送り出すのに心拍数を上げねばならなかった。

「それ、うちの大根だから返して」

我ながら間抜けな言い回しだと思いながら絹子は食材の返還を求めた。鳴海は大根を彼女の手から遠ざけた。意地の悪い動作である。

「ぼくは昨日から飲みすぎれいる。消化剤が必要だ。この大根《らいこん》を一本丸ごとらいこん下ろしにしちまおう」

「鳴海さん、その大根ちょっとまずいんです」

尚紀があせって駆け寄った。

「まるい？　こんな立派ならいこんのろこがまるいのか」

大根をつかんだ鳴海の手つきは赤ん坊でもあやすかのようである。絹子は大根の首の傷痕が消えていることに気がついた。尚紀が包丁を打ち込んだ深い裂け目。根菜は自力で傷口を再生していた。大根は笑っているように見える。それは表皮に走った皺が濃さを増し波打っているのだった。粘着部分を引きはがす音がした。皺の一つが割れ、ホオジロ鮫そっくりの歯を剝き出した大顎が出現した。

鳴海は異変に気づいていなかった。「このらいこんは最高《らいこん》です」能天気な声。絹子と尚紀が同時に叫んだ。長大な人体を抜けて絶叫がジェットエンジンのボリュームで轟いた。

大根は鳴海の顎に食いついていた。鮮血が吹き上がった。大根は食い込ませた歯を左右に振る。ジェットエンジンがまた噴射。今度は泣き声も混じっていた。根菜のモンスターは獲物を痛めつけるのがうまかった。顎から口を離すと次は耳に嚙みつき、耳から肩に飛び移った。鳴海の上着が裂け、周囲がみるみる朱に染まっていく。ワイシャツのボタンがはじけると大根はむき出しになった胸に歯を立てた。鳴海が転げまわるので絹子と尚紀は救助のしようがなかった。絹子は男がこんなに悲鳴を上げる生き物なのだと初めて知った。腕、腹、背、腰、腿、攻撃を免れた箇所はほとんどあるまい。鳴海は四つん這いで逃げ出した。ズボンもパンツも破れ、尻がむき出しである。大根は兎のように跳ねて後を追いその腰に飛びついた。二列に生えたホオジロ鮫の歯がしっかりと鳴海の尻を捕らえていた。ジェットエンジン爆発。尚紀はワインのボトルを振りかざし、それを振り下ろした。絹子は花器に使っている備前焼の壺を叩きつけた。尚紀の一撃は見事に大根を捉えたが、絹子の投げつけた備前の壺は狙いをはずれ鳴海の背骨に当たった。嫌な音と嫌なうめき声が上がった。絹子は思わず両手で顔を覆った。悪意の者が加える痛みと善意の者が誤って加えてしまった痛みの区別が鳴海にはつくだろうか。どちらでもいいわ。助けようとしたんだし。一応。

ワインボトルの一撃を食った大根は床でもがいていた。打撃を受けた胴は一部が大きく割れていた。大顎が何度も開いたり閉じたりし、その度ごとに口の両端から白い泡が吹き出した。彼は致命的な損傷を負ったかに見えたが、油断はできない。この根菜には尋常でない生命力があるのだ。鳴海は這いずりながら玄関を出ようとしていた。彼は上半身の力だけで進んでいた。絹子は天を仰いだ。下半身が麻痺したのかも。

「鳴海さん」

尚紀がしゃがみ込み、差し伸べた手を鳴海は幼児の仕種で振り払った。彼の眼球はこぼれ落ちそうだった。陸上部の後輩が悪魔に見えたのかもしれない。鳴海は廊下まで這い出ると、よろよろと立ち上がり、絶叫しながら猛スピードで駆け出した。五階のフロアから下まで彼はエレベーターを使わずに降りて行ったに違いない。脊椎は無事だった。絹子は修道女の顔で天上から降りそそぐ光に祈った。

鳴海の姿が消えても捕り物騒ぎは続いていた。虫の息に見えた根菜のモンスターは息を吹き返し、芋虫のように這いずって部屋中を逃げ回った。瀕死の根菜は声を発していた。ケトルから噴き出る蒸気の音だ。大根の動きは混乱していた。深い傷を負った彼は視力を失っているようで家具にぶつかりながら移動していた。椅子が倒れる、テーブルが持ち上げられ大きく傾く、長椅子が横倒しになる、加湿器が後方へ弾け飛ぶ。絹子は小さく叫んだ。大根がのたくり突進していく方向に赤々と燃えるガスストーブがあったからだ。ストーブが倒れ部屋が火の海になる光景が浮かんだ。絹子がガスストーブのスイッチを切るためダイブするより早く、尚紀が玄関の傘立てを大根をめがけて投げつけた。絹子が鳴海にぶっつけた備前焼の壺よりも重い陶製の傘立てだ。傘立て爆弾は正確に大根の体に命中した。植物繊維が圧砕される音があって、ジアスターゼ、リグニン、ビタミンA、ビタミンCが根菜の体液と一緒に飛び散った。小さな体から噴出したとは思えぬほどの大量のジュースだった。

絹子と尚紀は大根の血飛沫《しぶき》を浴びて根菜の繊維まみれとなった。大根はまだ生きている。全身を押し潰されながらそいつは身をくねらせ部屋から脱出しようとしていた。絹子と尚紀は前後から挟み撃ちにしてクッションと布団をかぶせ押さえ込んだ。尚紀の体が大根の上に圧《の》しかかり、尚紀の上に絹子がかぶさっていた。

二人は呼吸を整えてから最後の捕縛作業をした。暴虐の限りをつくした小怪獣を前よりも厳重に紐で縛り、さらに厚手の毛布で包《くる》んでアイスボックスに詰め込んだ。

絹子と尚紀はアイスボックスの前で小さく祝杯を上げた。二人の顔は大根下ろしの泥パックのようになっていた。尚紀はバドワイザーの小瓶、絹子が日本酒の一合瓶だったのは鳴海がバドワイザーをほとんど一人で飲んでしまったからである。

北風は鳴りを潜めたが寒気は居座ったままだ。

鳴海の怪我は深手こそなかったようだが、なにしろ全身に噛み傷、切り傷、引っかき傷、打撲傷と賑やかな様態で、数日の入院生活を余儀なくされたのはやむを得ないところだろう。どこかで飼育されていたアルビノのアルマジロが逃げ出して新婚夫婦の部屋に侵入、飲食中の夫婦と居合わせた客を襲った。色素欠乏症のアルマジロにしたのは色とか形状とか硬さとか、イメージが大根に一番近かったからである。犬や猫は触感が違う。蜥蜴《とかげ》とか守宮《やもり》の爬虫類もだめ。身の詰まった大根に似合うのは硬い甲羅を持った白《しろ》子《こ》のアルマジロだ。泥酔した鳴海がバスルームに隠れていたアルマジロを大根と間違えて弄《もてあそ》び、嚙みつかれた。そこから猛獣の暴走が始まった。アルマジロって蟻塚を壊して白蟻なんかを舐めるんじゃなかったっけ。長い紐みたいな舌をぺろぺろ出すあの口で人間を齧れるかしら。まあいいや、肉の好きなアルマジロもいるかもしれないし。そういう個体なら尖った牙も持っているだろうし。見舞いに行った尚紀の話では鳴海はあの夜の記憶が混濁しているそうだ。これさいわいである。百九十七センチの意識が朦朧としているうちにアルマジロの話を聞かせて刷り込んでしまおう。

ベランダに置いたアイスボックスが時折りゴトッと揺れる。

絹子はあれを目撃できて良かったと思った。無農薬栽培の根菜が冷蔵庫の中の食材を食い荒らし、人間に格闘を挑んで来た尚紀の話に疑念がないではなかった。尚紀が頭の中で作り上げた事件なら私も彼のおかしな螺子《ねじ》巻き機械の中へ飛び込んでやろう、絹子はそんなスタンスでいた。でも、夫の妄想ではなかった。

世界には定めがたい色彩が溢《あふ》れている。怪異で醜い現実も至福の夢も色彩は色彩なのだ。

陸上部の先輩が健康を回復しても、もう家には招かない。付き合いにはけじめをつける。

尚紀はそう決めているようだ。絹子は夫の顔をしげしげと眺めた。厳格な幾何学的風貌――？　直方体は夫婦の共通空間というところか。彼の瞳からは服従の光が消え、レジスタンスの星が瞬き始めているように思える。

頼りない星だけれど。

「ぼくは今、丼一杯のシラス下ろしでも食べられるよ」

帰宅した絹子に尚紀が開口一番言ったあの吹き降りの日、彼が最初に作ろうとしていたのは豚汁だった。仕切り直しで尚紀は豚汁から大根そのものを味わう料理に切り替えることを宣言した。

「風呂吹き大根」

絹子には夫が逞しく見えた。

風呂吹き大根の調理開始まで一週間の期間をおいたのは大根に身体の修復をさせるためである。頬に霜柱が立ちそうな寒い朝、アイスボックスから取り出した根菜は見事に復活していた。潰れた体の痕跡もない。アイスボックスの畑の中で新しい野菜が生まれたかのようだった。純白の表皮は瑞々しく張り切り、鮮やかな緑の葉が生命を燃やしていた。だが、気難しげな切れ込んだ皺は変わらないし、肉付きの戻った頬にも凶相の陰りが見てとれる。いい。こうでなくてはならない。風呂吹き大根に仕立てることは彼に出自を認めさせ、自分がアブラナ科の根菜であることを思い起こさせるための儀式なのだから。

絹子はそばで見学している。おっかなびっくり。彼女は化学実験の苦手な小学生の女の子の顔になっていた。

尚紀は慎重な手つきで大根を俎板に載せた。横たえられた途端そいつは暴れ出した。例の鮫の大口が開いて包丁人の指に嚙みつこうとする。体をよじり、反らせ、跳ね上げ、狂暴な口から唾のようなものまで吐きつける。姿は再生しても性根は以前のまま。尚紀は落ち着いていた。何度かの対決で手ごわい食材をあしらう要領を吞み込んだのだ。尚紀の包丁が一閃し、葉の根元に深々と食い込むと大根はぴたりと動きを止めた。大根の胴体を輪切りにする場面を見るのは絹子には勇気がいった。切断面から血しぶきと内臓が飛び出て来るのだけは勘弁して。今の唸り声、牙を剝いて調理人に歯向かう姿は野菜じゃない。けれども、尚紀が包丁を入れたそれはまぎれもない大根であった。刃を下ろすと同時にしゅっと水が奔《ほとばし》った。芳香を放つジアスターゼの断面。嗚呼、大根。野菜との邂逅《かいこう》はかくありたい。「健康・グリーンハウス」の段ボール箱の大穴から紡ぎ出された大根農家の悲劇、武装蜂起した大根のテロリスト、壊滅した都市、それら幻想のリアルさが薄まっていく。大根を六センチほどの厚さに輪切りにし、皮を厚めに剝く。昆布を敷いた鍋に水を張り大根を並べる。弱火でコトコトと一時間半。大根《かれ》の体はまだ残っている。下半身《ヽヽヽ》が三分の一。辛味の強い部分だ。これはシラス下ろしにする。尚紀はようやく希望の地にたどり着いたのだ。

あなたは食材の道を歩むべきではなかったのよ。絹子は鍋の中の根菜に語りかけた。その素質を生かせる場所がどこかにあったはず。

プロレスラーだとか総合格闘技の選手だとかはだめ。有り余る激情は精神の高みへ向けなきゃ。芸術はどう？　根菜《かれ》を現代アート展に出品する。絹子が作者として大根の胴体に日付とサインを入れ、いかにもそれらしい意味ありげな台座に大根を据える。作品名は《愛の不運》。ただの農業生産物である大根《かれ》が、存在を定義づけされることで芸術作品になるのだ。

鑑賞者を前に彼は立ち上がり、腰に手を当てて一席打《ぶ》つだろう。ああ、やっぱりこの性格。

「よおく聞け。今日のおれはただの破壊者だが、明日の創造主になるのだ」

芸術愛好家は拍手を送るだろうか。警備員が駆けつけるだろうか。主催者の挨拶を聞き終わる前に会場の風景は絹子の脳裏から去った。

風呂吹き大根は煮上がった。

淡い出汁色に染まった大根の煮物は鍋の蓋をしたまま自然に冷ます。北海道羅臼昆布の旨味は、汁《つゆ》の温度が下がるほどにゆっくりと大根に滲みこんでいく。絹子は亡者に引導を渡したお坊さんのような気持ちになっていた。大根《かれ》は怒りの権化だった。目の前に現れるすべてのものを殲滅せずにはいられぬ衝動が彼の業だった。風呂吹き大根と名を変えることで彼の一部は現世の煩悩から解放されたのである。

絹子は尚紀の指導で大根にかける練り味噌と柚子の用意に挑戦した。皿に盛ったときの彼《だいこん》に捧げる勲章だ。冷めつつある風呂吹き大根の鍋の蓋がことりと鳴った。充満した湯気の最後の圧力が抜けたのだ。あとは時間が味を完成してくれる。

絹子は生還した探検家のように会見に臨まねばならないだろう。風呂吹き大根は緑の魔境の味。神話と怪鳥と毒蜘蛛と乾し首作りを生業《なりわい》とするインディオの住む密林から持ち帰ったのがこの根菜。熱帯雨林のジャングルで犠牲になった隊員に祈りを。ここで鳴海の顔を大写し。外科病棟で治療中の姿も効果大かも。大根の肉質はきわめて濃厚。野菜であるのに動物性の脂を感じるのは、彼《だいこん》が肉食をするせい。彼の摂取した獣肉の精髄が大根の繊維に漉《す》き込まれ、類例のない美味の極みに至っている。

シラス——大根下ろしも絹子の体験したことのない一品になるだろう。大根下ろしという、栄養素をほとんど含有しない嚢状の野菜料理が食欲と幻惑に満ちた迷宮の入り口に絹子を立たせてくれるはず。キッチンはいつの間にか森に変わっている。尚紀は笛を吹く黒い肌の呪術師の姿になり、植物の眠気を誘っている。夢は根の生えた生き物の生育を早めるのだ。絹子は我等の良き食材大根の故郷に自分がいるのではないかと思った。絹子は密林の複雑なグリーンの重なりや無意識と因果を結ぶ果実の色に混じって下ろし器を手にした。職人が目立《めた》てした銅の下ろし金。

「大根下ろしは私が作る」

尚紀は妻がそれを言い出すことを予想していたようだ。物憂く目覚めた新妻の顔でいるのが絹子は不得手。詩人が口に上《のぼ》す花の名が尚紀は苦手。二人は短いキスを交わし、それぞれの調理の分担を再開した。絹子の受け持ったパートは簡単ではなかった。彼女が大根をすり下ろすという作業を軽視していたことを指摘しておかねばならない。シラス下ろしのために残した大根。三分の一の彼の下半身。

輪切りにするときも騒動だったが、下ろし金にかけたときの騒がしさときたら、これに敵《かな》う狂騒は世界のどこを探しても見出すことは至難であろうと思われた。輪切りは切断にすぎない。二つの断面が現れるだけだ。だが、すり下ろす過程には上下、斜め、円運動が生じる。被調理体は金属の歯の上で複雑且つ苛酷な摩擦体験と身体が磨り減っていく絶望を味わわねばならない。生命体としての彼の歓びは上下の往復運動で削《そ》ぎ取られ、希望は斜めの反復運動ですり潰される。そして、追憶と哀歓は円運動——右回りと左回りと——によって掻《か》き混ぜられ、霙状の様態と成り果てて終わるのである。

絶叫する、咳上げる、哀訴する、怒鳴る、罵る。大根はすり下ろしている間中わめき続ける。もううるさいのなんの。耳をふさぐ動作とすり下ろす動作を交互に繰り返さなければならない絹子に、彼の心情を思いやる余裕があるかどうか。

フラワー・ドラム・ソング

The prince disappears
yamagami tatsuhiko

人が人を脅すという人間の行為を初めて認知したのはセイジが五歳の頃だったろう。

小柄な男が大きい太った男を殴っていた。

太った男は小さい男より頭ひとつ背が高く、体重は倍以上もありそうだった。だのに、大きい男は縮み上がっていた。小さい男の拳は自在に脂肪をまとった相手の顔面や腹にめり込んだ。太った男はその度に赤ん坊のような悲鳴を上げた。男は巨体を二つ折りにしてうずくまった。小さい男は哀れな獲物を見下ろし、無言で手の平を彼の鼻先で広げた。太った男は震える指で上着のポケットから財布を取り出し、小さな男に差し出した。小さな男は財布の中身を確かめると唇の端で笑い、太った男の顎を蹴り上げた。締めくくりの儀式と言わんばかりに。

小さい男は菊池巌《きくちいわお》——セイジの父親だった。大きい男は誰だかわからない。崩れたコンクリートと鉄骨がむき出しになった工場跡のような場所だったと記憶する。セイジは父親に手を引かれてそこへ行き、暴力を見せられた後父親について家に戻ったから、父親はセイジをわざわざ悪事の現場に連れて行ったことになる。

セイジには二つ上の姉がいたが、巌が伴うのはセイジ一人だった。怯えるいくつもの顔がセイジの脳裏に焼きついている。

巌は廃屋とか路地の暗がりに被害者を連れ込んで脅し上げた。ときには狙った人間のアパートの部屋や住宅に上がり込み凄むこともあった。その犯行は強盗ではなく、相手の弱みにつけ込んだ強請《ゆす》りだった。セイジはいつも父親のそばに立たされていた。彼は一人の小男が男や女やあるいは夫婦やそれぞれに事情を抱えた人々、を恫喝して金品を巻き上げる光景を目撃しながら育ったのである。

セイジが七歳のとき母親が消えた。「コインランドリーへ行って来る」彼女はそう言い残し、そのまま帰って来なかった。

母の失踪が父の心にどんな影響をおよぼしたかはわからない。両親は口を開けば互いを罵り合っていた。父は母を殴った。恐喝の常習者である父は自分の妻にも容赦はなかった。彼女を床に叩きつけ、髪を摑んで引きずり回した。父の怒号、母の怨嗟に満ちた声、物の壊れる音、姉の悲鳴、それがセイジの家庭の日常だった。セイジの感情はほとんど麻痺していたといっていい。母の家出を知っても父の反応はなかった。表情の抜けた顔にいっそう無機的な色が重なっただけだった。

一年後、父がいなくなった。物音の消えた家の中でセイジは三日間姉と二人でいた。

冷蔵庫の中のものを食べつくすとセイジは隣家に忍び込んで食い物をあさった。家の者に見つかり、腕をねじ上げられた。無慈悲な男の相貌が伸《の》しかかった。記憶は歪んだ鏡だ。セイジを押さえつけた隣家の主人の顔が拉《ひし》げると制服を着た男の姿に変化《へんげ》した。セイジは父親が警官の制服を着て現れたのだと思った。制服から漂う脂《やに》の臭いと蠟色の目が父のそれに酷似していたからである。

警察署の場景が途切れ、セイジと姉は見知らぬ部屋にいた。児童相談所の一時保護所だったのだろう。温かい食べ物はあったし、セイジの世話をしてくれる職員の女も優しかったが、セイジの心はあちこちが軋むような抵抗を覚えていた。

セイジと姉は養護施設に移り、しばらくそこで過ごした。姉はセイジより早く施設を出て行った。姉を養女にしたいという里親が現れたのである。セイジも間もなく母方の祖母に引き取られた。祖母はセイジを育てることを渋っていた。セイジと姉が置き去りにされたときも祖母は駆けつけなかった。セイジの母親と祖母の間にも確執があり普通の母と娘のようではなかったから、祖母にしてみれば孫はわずらわしいだけの存在だったのだろう。

市立の養護施設は相手を選ばず牙をむく小型の捕食獣のような問題児をもてあましていた。セイジは施設をたびたび脱走したし、彼は世の中を穿孔《せんこう》すべき対象としてしか見ていなかった。祖母は施設側に説得され、半ば押しつけられるような形でセイジを連れ帰ったのである。

セイジは小学校三年生のとき、同級生を殴って金を巻き上げた。四年生のとき、図書室の窓から女子生徒を突き落として大怪我をさせた。女子生徒の父親がセイジの家に怒鳴り込むとセイジは逆に食ってかかった。玄関先で被害者の父親に靴を投げつけ追い返したのである。怒りの衝動はセイジの中で際限なく増殖していくようであった。

中学に入るとその暴力は陰湿化した。

スーパーマーケットで万引きした主婦を見つけ、後をつけて脅し、金を要求した。

初デートで、彼女と乗った遊園地の観覧車に不具合があり空中で停止する事故があった。セイジは「恥をかかされた」と遊園地の責任者にねじ込み慰謝料をせしめた。セイジは担任の教師も脅した。クラスに生徒間のいじめがあり、その教師は見て見ぬふりをしていた。セイジはそこに付け込んだのである。

「新聞社に言うぞ」

「教育委員会に知らせるぞ」

セイジの執拗な恫喝に担任教師は屈した。彼はセイジに口止め料を払ったのである。

セイジは相手に恐怖を与えるコツを知っていた。相手の弱点を本能で嗅ぎ分けた。彫刻家が禁断のオブジェを弄ぶようにセイジは人の心を制圧し、変形させる行為を愉しんだ。

セイジは自らの力を確信していただろう。けれど、獲物を追いつめる自分の姿にもう一人の脅迫者の影が重なっていることに彼は気づいていなかった。セイジは闇の獣道を何かに導かれるように分け入った。

中学三年の夏、セイジは傷害と強盗容疑で逮捕された。大学生の乗ったオートバイがセイジの自転車に接触したことから喧嘩になった。セイジは持ち歩いていたジャックナイフで相手を刺し、携帯電話と財布を奪ったのである。

成人と同様の刑事裁判で懲役の実刑判決を受けたセイジは少年院に収容された。少年院での生活態度は模範的だったのでセイジは収容期間満了前に出院することができた。だが、彼には戻る家がなかった。祖母は元の住所にはいなかった。行く先もわからなかった。祖母はセイジとの関係を絶ったのである。

セイジの居場所は更生保護施設の一室だった。季節が一巡りした頃、青草と土の匂いが入り混じってセイジの鼻孔を抜けて来た。施設のがらんとした食堂の片隅である。匂いはその人の体から発散されていた。深い飴色の皮膚をした老人がテーブルを挟んでセイジの前に座っていた。

「植木の仕事をやってみないかね」

老人は柔らかな視線をセイジに注いだ。

日の色を沈めた額の上で、それ自体が別の生き物を思わせる白髪《はくはつ》が波打っていた。セイジはその部分から語りかけられたような気がしてかすかな動揺を覚えた。

「地面の下から舞台を掘り起こして、木とか花とか、植物の姿をした役者を立たせる仕事だよ。わしの家は三百年以上もその家業を続けている。周りも古くからの植木屋ばかりだ。しかし、高齢化でな、お前のような若い血が必要なんだ」

老人は更生保護活動に熱心な篤志家だと施設の職員から聞いていた。セイジは犯罪前歴のある少年に寄り添おうとする人物の何人かに会ったことがある。だが、いつも生理的な嫌悪を感じた。罪の子を立ち直らせたいという善意が信仰のように彼等の脳髄に取り憑き、凝り固まって変質し、それが災いとなってこちらに返って来る圧迫を感じたのである。

老人の声を聞いて、この人は違うとセイジは思った。老人は端《はな》から「自分の仲間になれ」と言っているのだ。これほど明快な大人の言葉をセイジは聞いたことがなかった。老人の視線の先にあるものはセイジの見ているものと同じだと思えた。

これまで彼を訪ねて来た優しい人々への不満の正体が一つ氷解した。彼等はセイジがいるはずもない方向を向いて、彼等だけが見ているものをセイジに講釈していたのである。

土中から伸びて来た人の手の形をした植物の蔓《つる》がセイジの襟首を摑んで彼の体を空高く持ち上げた。セイジの脳裏にそのイメージが湧いたとき、彼は老人の後について行くことを決めた。

老人に連れられて着いたのは植木職の集落だった。隠れ里のような盆地に茅葺《かやぶき》の屋根がちらほらと見え、時代を遡ったかのような錯覚が起きる。江戸時代よりさらに昔、この土地に住み着いた人々が、百姓仕事をするかたわら苗木作りや造園の技術を身につけ、次第に専門職へと発展していったものだろう。戸数三十戸の村で植木屋は二十五軒である。植木職一色の技能集団と言っていい。

老人の名は加藤惣右衛門《かとうそうえもん》。十八代続く村の名家の主人であり、村を代表する造園業者でもある。セイジは住み込みの職人見習いとしてこの家で働くことになった。

加藤造園には惣右衛門の長男を含めて職人が八人いた。いずれも四十代から五十代の年齢である。臨時雇いの職人も出入りしているが、これも中年を過ぎた連中だった。セイジは飛び抜けて若い。セイジが来る前に三人の若者が加藤造園に入ったが、続かなかった。一人は体をこわして植木職の道を諦め、一人は怪我で辞めた。もう一人は「この仕事は性に合わない」と言い捨て、作業中に行方をくらました。

「だから兄《あん》ちゃんは辛抱しなきゃな」

顔の平べったい職人がセイジの肩を叩いた。

村に到着した夜、セイジは惣右衛門――親方に連れられて挨拶回りをした。御幣《ごへい》をくくりつけた瓶《かめ》を持って主な同業者の家を訪ねるのである。瓶の中には塩と麹《こうじ》で漬けた桜の花びらが入っている。加藤家では満開の直前に摘んだ桜の花びらを麴の漬物にして祝儀の進物にするのだ。セイジは親方が「桜翁《はなおう》」と称される特別な植木職人であることを知らされた。

加藤家は造園業のかたわら桜の保存研究に尽力する家だった。

桜を扱うことだけを専門とする植木職人などはいない。一般の職人にとって桜も多くの植木の中のひとつにすぎない。桜という植物に特化して、植え、育て、保存し、学究的詩的思弁を巡らし、俯瞰で花の景を愛でるのは、ある種高尚な道楽と言える。それが許されるのは家代々の知識と技と、経済的余裕と、優れた美意識とをそなえた老練の職人だけなのである。

「『桜翁』なんぞという呼び名は尻がこそばゆくていかん」

親方は苦り切った表情である。

「桜翁」の称号はある高名な画家が親方に捧げたものらしい。それがいつの間にかマスコミの間に広がって昔からある言葉のように使われ出した。

「芸術家の口元に言葉があるうちはいい。世間の軽薄な連中が自覚もなしに垂れ流し始めると言葉は見苦しい飾り物になる。誰も見苦しいとも何とも感じずに使っているのが厄介なところだ」

挨拶回りの夜道にどこからか樹液の匂いが漂って来る。

「植木屋は植木屋でいい」

親方は後ろに従うセイジにちらりと長い横顔を見せ、ぶっきらぼうに言った。ついこの間まで——、とセイジは心でつぶやいた。つい先頃までセイジは人間を憎悪していたのだ。見知らぬ人にさえ復讐心《ふくしゅうしん》を向けた。甘いような、酸っぱいような、苦いような花びらの味が舌に滲み出てセイジの鼓動を早めた。彼は虚飾を嫌う親方の気性を好ましいと思った。そして、他人にそんな感情を抱ける自分に戸惑ったのである。——おれは人と普通に歩いている。

加藤惣右衛門の家格は集落において特別なものであったが、他の家にしても百年や二百年を辿れる家筋を持っている。祖父や曾祖父、祖母や曾祖母、この世にはいない血族も集落では生きている人間のように語られた。堆積した時間が当たり前のように身辺に息づく暮らしはセイジには嘘のように思えた。セイジの家には硬直した「今」しかなかった。流れ、繋《つな》がっていく「時」がなかった。父親も母親も姉も自分も、滞留し澱《よど》んだ刹那《せつな》という淵の底でのたうつだけだった。セイジの身体からもう一人の自分が抜け出し、幼年時代の彼と家族を見下ろしていた。親方の声はセイジの視点を少しだけ押し上げたのである。

自然は現金だ。枯れかけた木に小鳥は洟《はな》も引っかけない。生命の横溢した樹木だけに生き物は集うのである。セイジは背筋を伸ばし両腕をいっぱいに張ってみた。彼の足裏から根が伸びて地中深く広がっていくだろうか。足首から脹脛《ふくらはぎ》、腿から腰へ、樹皮が肌を覆っていく。緑色の血液が全身を奔《はし》る。

（おれは根を下ろした）

セイジの胸は歓喜に震えた。汚れた枷《かせ》から逃れるのだ。見知らぬ極彩色の大鳥が耳障りな鳴き声を立ててセイジの周囲を飛び回っていた。鳥はハチドリのようにホバリングし、セイジの顔を覗き込んだ後、ひょいと彼の頭に留まった。セイジの頭皮に鳥の爪が食い込んだ。鳥の体は重く首がぐらぐら揺れた。頭蓋が割れそうな激痛が走った。セイジは腕を伸ばし鳥の脚をつかもうとした。鳥がセイジの生命を賛美するために留まったのではないことを察したからである。セイジの手が届く寸前、鳥は荒々しく羽ばたいて彼の頭から飛び立った。その反動でセイジは体のバランスを崩し尻餅をついた。セイジは半覚醒のまま闇の中で飛び去った大鳥の羽音を聞いていた。

「羽飾り？」

一世紀昔そのままの台所に煤けた三つの竈《かまど》が並んでいる。親方の長男の嫁が味噌汁の鍋を運びながら白い歯を見せた。彼女はセイジの作業服の胸ポケットを見て笑ったのである。そこには大きな鳥の羽が差してある。

セイジは五時半には起きて村を歩いて回るのが日課だ。散歩ではない。村がまだ寝ぼけ眼のうちに朝駆けをしているつもりなのである。

セイジは葉叢《はむら》の陰や道の辻や川原の流木や、そこかしこに潜んでいるはずの土地の精霊に自分の顔を覚え込ませたいのだ。

胸ポケットの羽は畑の畦で拾ったものだった。それは鳶の羽のようだったが、極彩色の大鳥が頭皮に爪を立てた感触がまだ残っていた。畦に突き刺さるように落ちていた羽を見たとき、セイジは思わず頭に手をやった。「ひっ」セイジの口から小さく猿のような悲鳴が漏れた。睡夢の映像はまだ鮮明だったのである。

セイジより早起きの人間がいる。親方だ。親方の日課は桜を観察することから始まる。桜畑を歩く親方の姿は子供の無事を確認して回る父親のようだった。セイジは自分を施設から連れ出したこの老植木職人の所作のひとつひとつに胸が弾んだ。畑を歩いたあと祠を拝む後姿の格好の良さに惚れ惚れしたし、元気のない木を見つけると、その根元に小便をしていくそんな習癖までがセイジには神々《こうごう》しく感じられた。

加藤造園は三百件近い顧客を抱えている。

親方の長男が中心になって近隣市街地の顧客宅を回り庭の手入れをする。セイジの仕事は先輩職人が刈り落とした枝や葉の掃除と使い走りである。それでも、軽トラックに乗り込んで集落を出るときは一人前に「いざ出陣」と気分が高揚する。仕事先はほとんどが個人住宅だが、寺院や公共施設の植栽管理も請け負っているので庭造りの季節には相当の重労働になる。親方の名声を聞きつけて遠い地方から依頼が舞い込むこともあるから、そんなときは臨時雇いの職人も加わり息もつけない日々が続く。親方は高齢なこともあり、小さな管理作業には顔を出さない。主に寺院や古いなじみの商家の庭園の仕事のときだけ出て行く。

親方は三、四人の職人と共に必ずセイジを伴った。以前にいた若い見習い職人を気の張る仕事に連れて行ったことはないからセイジをよほど見込んだものであろう。

親方が枝切り、刈り込みをした後散らばった枝や葉を拾い集め素早く袋に詰め込んでいく。セイジは掃除の合間にも親方の剪定鋏《せんていばさみ》の動きを食い入るように見つめた。親方の鋏の動きには音楽のようなリズムがあった。優美で軽快で微塵の乱れもない。その刃音を聞いていると別世界に引き込まれ我を忘れそうになる。セイジはその度に何度も瞬《まばた》きをし、親方の手元に神経を集中し直すのであった。

自然の樹木は、幹が直立したもの、幹が屈曲したもの、幹が根元で二股に分かれたものなど様々である。植木職人は木の天然の姿を基本に、剪定、刈り込みをしてイメージどおりの樹形に造り上げていく。親方が手がけた庭木の姿は弟子の鋏が入った木とは風情が違っていた。色香があるのである。植木仕事には性格が出るといわれるが、天性にそなわった艶やかな心組みもこぼれるものだ。セイジには親方の仕上げた造形を分析する能力はまだなかったが、生《き》のままの感性で受け止めた。

「色っぽいな」

垢抜けない田舎娘の身体が一流のファッションデザイナーにちょっと服の一部をつまれただけで見違えるような体のラインに変わる――、セイジはそんな想像をした。

「親方の庭造りは芸術なのか？」

セイジは質問した。何かの雑誌に親方の仕事を追った特集記事があった。その記事に「野生の意匠と芸術の混淆《こんこう》」という言葉を見つけた。夕飯後、セイジは居間でくつろぐ親方の横に座り込んだ。作業中はできない話を聞けるのは住み込みの弟子の特権である。

親方は表情を和らげてセイジの質問に答えてくれた。

「庭園は人間が求める至高の自然景観をデザイン化したものだ。それは人がこうありたいと願う理想の自分の姿でもある。わしの仕事を芸術だの美だのと褒めてもらえるのは光栄だよ。だがね、わしは芸術と美をひとまとめにしてものを言う連中に苛立つ。美しいものが芸術であるとは限らないし、醜いものは芸術ではないと否定することも正しくない。美とは常に不安定で社会から疎《うと》まれる胡散臭いものでなくてはならん。そこにこそ芸術を語る糸口がある」

親方はセイジの顔を覗き込んだ。

「だからな、セイジ、美を疑え。絶対的な美の法則、配列などというものはない。造園を依頼してくる客は、庭の様式と調和、心安らぐ空間を求めるが、お前が頭抜けた植木職人になりたいのなら鋏使いの優劣ではなく何が本物で何が偽物かを見極めることに関心を持て。職人の剪定した植木が芸術かどうかという世間の評価などどうでもいいことがそのときにわかるだろう」

「親方。ひとつ聞いていいか」

セイジは唾を飲み込んだ。

「親方は醜いものを造ろうと意識して庭を造ったことがあるのか？」

「あるよ」

親方はにやりと笑った。

「それが醜いものだとは誰も気づかなかったがね」

親方はすまし顔でつけ加えた。

セイジは自分に据《す》えられている親方の視線を千里眼だと思った。人に見えないものもその目玉は透視する。紫外線に晒《さら》された長い面《おもて》に無数の皺が寄っている。皺は光と闇で出来た深い溝のようだった。不思議な顔だ。見るたびに印象が違う。素顔がつかめない。後で思い出そうとしてもその顔が浮かんでこないのだ。人に親方の人相を説明しようとしても言葉が見つからないことにセイジはそのとき初めて気がついた。

植木鋏を持たせてもらえないセイジには庭の雑草取りも重要な仕事だった。

雑草がはびこると害虫が発生する。セイジは親の敵にでも遇ったように雑草に向かった。セイジの作業の後には地下茎を伸ばした草が土塊ごと引き抜かれ山積みになっていた。苗木の根を枯死させるコウモリガの幼虫をセイジはどれほど駆除しただろうか。

「お前はコウモリガの水子の霊に祟られるぞ」

先輩職人にそう言われるほどだった。

二年目をすぎた頃、セイジは植木鋏を持つことを許された。鋏の刃が日差しに輝いた。枯れ枝は乾いた屍だ。無用のものになったそれを払っていく。蔓のように絡み合った枝を切り落とす。セイジが自分で「サーカス」と呼んでいる逆さまに生えた枝をはずす。双子のように同じ形で並んで伸びている枝の片方を残して取り除く。どれも樹形を狂わせる原因となる「嫌われ者」の枝だ。

セイジの植木鋏は手入れが行き届いているので切れ味が鋭い。すなわち切り落とした枝の切断面が美しい。切り口が滑らかであることはそれだけ病原菌が付着しにくく腐れることも少ないのだ。親方の鋏使いを穿《うが》つように見つめ続けた日々がセイジの糧になっていた。

セイジは親方の鋏の音を身体の芯で受け止めた。親方の鋏はセイジの塞がった胸に風を通し、いびつに伸びた記憶の大枝を基部から大胆に切除した。「根を楽に呼吸させるためだよ」親方の声が響いた。「身内にたまった余分な滓《おり》も吐き出さなきゃな」鋏ではない別の金属の感触があった。親方は鋸を使っていた。「いい姿になろう。大枝から中枝、小枝から葉、そのまた先端まで養分を行き渡らせ均整を得るんだ」セイジの中で水が溢れた。幹の脈動音が鼓膜に痛いほどだった。負担をかけすぎぬように、心を閉ざしてしまわぬように。名人の鋏はセイジの血流の勢いと切り口の塞がる早さのタイミングを測って絶妙に躍った。

「よく見ておけ、セイジ」

親方が言う。「お前の頭の天辺の芽をいきなり切ってしまうと妙な所から別の芽が出てしまう。あわてて反対側から鋏を入れるとまたよけいな変形をもたらす芽が出てしまう。気を巡らせることだ。知らずにおくと、お前は冒瀆《ぼうとく》と嘲りを受けるだけの病んだ羊《し》歯《だ》のようになってしまうぞ」親方は鋏を鳴らす。「悪い芽を残さぬように、残さぬように、鋏を入れていくのだよ、セイジ」声は低まった。「閉じてはいけない。外へ、外界を向いた芽の上で鋏を入れるのを忘れぬことだ」

まるで瀧だ——、それは桜の幹の中を養分が流れる音だったという。先輩職人が桜の幹に聴診器を当てて聞いたという話にセイジは納得顔でうなずいた。セイジがその談を大仰と捉えなかったのは彼の成長の証だったろう。

花を咲かせる直前の花木《かぼく》は幹の内に樹液の川を作る。彼はまだ耳にしたことはなかったけれどその水音を信じることができた。

セイジは得意先の庭園管理の主軸メンバーの一人になっていた。一人前の職人というには程遠いセイジであったが、周囲の信頼を得ていた。たまに顔を見せる臨時雇いの職人に意地の悪い奴がいて、セイジに絡んできたことがあった。親方から目をかけられているセイジを妬ましく思ったらしい。セイジは逆らわなかった。相手が拳を振るってきても殴られるままになっていた。怒りは湧いてこなかった。セイジの意識はそこになかった。彼は拳を受けながら将来を思い描いていたのである。桜の声を聞き、桜と言葉をかわす親方のような職人になった自分の姿を。光はうまく当たっているか、土の具合はどうか、水の流れの按配はどうか、鳥や獣と共存できているか、五感をそばだて自然の調和を考える。親方の日々の姿に自分を重ね合わせることはセイジの愉楽であった。

暴力を振るう職人の方が薄気味悪そうな顔になり手を止めたのは、セイジが殴られながらニタニタ笑っていたからだろう。

セイジが一人で顧客宅へ出向くこともあった。その日、セイジは病害虫防除の薬液が入った噴霧器を操っていた。庭は大木もなく、さほど広くもないので消毒の作業だけなら一人で十分だった。家の主《あるじ》は日本舞踊の家元である。親方とその家とは何代にも渡っての付き合いらしく、お師匠さんは加藤造園の往時の出来事もよく知っていた。庭の消毒が終わり、セイジは縁側で師匠と茶を飲んでいた。

「今の親方のお祖父さんですな。その人が若い頃、二十代の半ばぐらいでしょうか。そう、正岡子規らが『ホトトギス』を創刊した頃です」

和服を粋に着こなした踊りの師匠はのんびりとした口調である。まだ四十代の若さだが、昔話を語る姿は堂に入っていた。

「十六代加藤惣右衛門と小糸《こいと》という娘の悲恋物語です。小糸は元遊女で村の和尚の囲い者でした。和尚は女好きで有名だった。好色で残忍な性格のこの和尚にひどい目に遭わされた女はたくさんいたらしい。ある夜、小糸は和尚の虐待に耐え切れず逃げ出したのです」

小糸が逃げ込んだのは加藤家だった。十六代惣右衛門——当時はまだ藤七《とうしち》と名乗っていた——は小糸をかくまった。藤七は常々和尚の乱行を忌まわしく思っていたので迷いはなかった。

「勇気のいることだったと思いますよ。このあたりは江戸時代まで寺領でしたから、明治維新で百姓も自分の土地を持てるようになったものの、まだ寺の権力は強かった。かつては寺に仕える身分だった加藤家が寺に反逆するんだから並々ならぬ覚悟が必要だったでしょう」

藤七は納屋の二階に小糸を潜ませた。藤七は小糸に食事を運び、着替えをさせ、和尚の暴力で負った怪我の手当てをしてやった。藤七と小糸の間に恋情が芽生えるのに時間はかからなかった。藤七の優しさは小糸がそれまで出会ったことのないものだった。藤七もまた小糸のはかなげな姿に花の精の生まれ変わりを見た。

「それからどうなった」

セイジが話の続きを促した。彼は敬語を持たない。相手が誰であっても言葉遣いは変わらなかった。

「藤七と小糸は手に手を取って逃げたんです。寺と表立って衝突することは避けたいという藤七の父親の判断もあったのかもしれません。二人が村を出たのは深夜でした。和尚の手下共の目から逃れるためです」

藤七と小糸は西へ逃げた。大阪、明石、姫路、赤穂、瀬戸内海の潮騒にまぎれるように逃避行を続けた。小糸が追っ手の影におびえるので一所《ひとところ》に落ち着くことはなかった。流浪の日々に小糸の体は病み衰えていった。

藤七と小糸が最後に行き着いたのは広島の呉だった。海軍造兵廠という軍事施設のあるこの町で小糸は動けなくなったのである。

入浜式塩田の見える仁方《にがた》村に苫屋《とまや》を借りた。藤七は植木屋の日雇い仕事をしながら小糸の看病をした。薄い体を横たえる小糸の寝間から裏庭が見えた。荒れ放題の小庭だったが、一本の桜の木が場違いのように立っていた。呼吸も乱れがちな小糸の慰めはこの桜だった。

季節は三月の初め頃であったろうか。花はまだ咲いていない。新芽は出ていた。この家の持ち主は藤七を案内したとき、庭の桜を指差し、「菊桜ですよ」と家の価値を競り上げるかのように言った。小糸の細い息が漏れた。小糸は体を起こして桜を見ようとするのだけれど、もうその力はなかった。

「桜のそばに行きたい」

小糸が声を振り絞った。藤七は彼女を桜の下に運び、羽のような体を膝に抱いた。小糸は大きく息を吐いて最期の風景を見上げた。小糸が息を引き取ったのは数分の後《のち》である。

小糸の亡骸は近くの寺の墓地に葬った。住職は身元も知れぬ藤七をいたわり、小糸のために丁重に経を上げてくれた。

藤七は郷里に戻るつもりであった。その準備が必要だった。彼は菊桜の枝を落とした。枝から新芽を切り出した。彼は新芽を持ち帰り、接ぎ木をして加藤家の山に菊桜を咲かせるつもりだった。藤七は新芽を口にくわえた。接ぎ木のための新芽は切り口が乾燥したら終わりである。遠方から接ぎ穂を持ち帰るにはこの方法が一番良いと父から教わったのである。

当時の交通事情だからどれほどの時間がかかったのだろう。藤七は新芽をくわえたまま一度も口を開かず故郷を目指した。彼の懐には匕首が忍ばせてあった。小糸の写し身である菊桜の芽を台木《だいぎ》に接いだ後、寺へ行き、和尚を殺すつもりだったのである。

「藤七は五年ぶりに村に戻りました。両親の喜びようは大変なものだったでしょう。でも、藤七には家族との再会に心を震わせるよりも先にすることがあった」

藤七は山に飛んで入り、山桜の台木に切れ込みを入れ、呉から持って来た菊桜の新芽を差し込んだ。木が生長し、花が咲くかどうかは長い年月を待たねばわからないが、接ぎ木を終えた藤七はひとまず安堵の表情を浮かべただろう。そして彼はもうひとつ為すべきことの緊張へ心を移した。

「藤七は和尚を殺したのか？」

セイジは身を乗り出した。

「藤七は人殺しにならずにすみました」

師匠は茶をすすった。

「破戒坊主は半年前に血を吐いて死んでいたんです。胃潰瘍だか動脈瘤の破裂だかわかりませんが、漁色と酒と極悪非道の振る舞い、そりゃ、仏様が許しておくわけはない」

和尚の死に様は無惨だった。彼は寝床で仰向けに事切れていたが、噴きこぼした血反《ち へ》吐《ど》が布団と畳を抜けて床下まで達していた。

「小糸の霊も少しは浮かばれるってもんだ」

セイジは頷いている。

「菊桜はどうなったんだ」

「藤七が接ぎ木をした菊桜は二十年後見事な花を咲かせたそうです」

加藤家の山に移植された菊桜は大切に保存され毎年美しい花を咲かせたが、太平洋戦争が終わってから六年後、藤七――十六代惣右衛門の死去と共に枯れた。

「不思議なものですね。桜に魂を傾けた植木職人が生涯を終えるとその人が世話をした桜も一緒に死ぬ。そういう例はよくあります。藤七が呉から持ち帰った菊桜はこのとき樹齢四十九年ほどでしたから樹木としてはまだ生命横溢していたはずです。それが突然枯れたのは小糸が藤七の後を追ったということなのでしょうね」


加藤造園に戻るとセイジは真っ先に親方の姿を探した。親方は来客中だった。「桜翁」という称号を冠された親方の元には新聞の取材や雑誌のグラビア撮影と、マスコミ関係者が引きも切らずに訪ねて来る。温厚な親方はそうした取材に誠実に対応している。

客が帰るのと入れ替わるようにセイジは応接間に入った。

「親方、今日踊りの家元のお宅で聞いてきた」

興奮した面持ちのセイジに親方はまたかという顔をした。植木のことで何か疑問や発見があるとセイジは頬を紅潮させてやって来る。

「親方のお祖父さんのことだ。藤七さんと小糸さんの話だよ」

親方の顔が笑み崩れた。

「あの一大世話物をお師匠さんに聞いたのか」

「親方の家にそんな話があったなんて、おれびっくりしたよ」

「そりゃ、あるさ。加藤家だって朴念仁《ぼくねんじん》ばかりじゃない。特にうちの祖父さんは二枚目だったからな」

「可哀相な話だ」

セイジの言葉は飾りがない。かつての剽悍《ひょうかん》さは消え、彼の人格に尻尾の痕《あと》のように残っている奇妙な人懐《ひとなつ》こさだけが顔を出していた。

セイジは菊桜のその後を聞きたかった。木が枯れた後、もう一度接ぎ木をするために加藤家から誰か呉の桜の接ぎ穂を取りに行かなかったのだろうか。

「それはなかった」

藤七の孫は首を振った。

「小糸の菊桜は祖父さんの接いだ木で終わった。人の魂が乗り移った桜は一代限りだ。あの頃わしは高校生で家の手伝いも始めていた。親父が枯れた菊桜を切ってきれいに洗い清めていたのを憶えているよ」

親方はソファから立ち上がった。

「ついて来い」

親方が足を向けたのは蔵だった。どっしりとした石組みの基礎に白壁が涼しげに建っている。親方が分厚い鉄の扉を開けるとひんやりとした空気がセイジの顔に流れて来た。旧家の蔵らしく、掛け軸や骨董の納められた桐の箱が隙間なく積み上げられていた。油紙で厳重にくるまれた絵画とおぼしき包みが重なって立てかけられ、九谷焼の壺や備前焼の大瓶がむき出しのまま無造作に置かれていた。

反対側の壁には棚が設けられていた。そこは木彫りの仏像の置き場だった。大きなものは高さが七十センチぐらい、三十センチ前後の彫像が一番多く、手の平に乗るような可愛らしい木仏《きぶつ》もあった。木像の一群は棚を席巻していた。観音菩薩、大日如来、薬師如来、十一面観音といった凝った造形の木像もあった。

仏達から揮発する何かが蔵の静寂を深めていた。

「親父の作品だ。すべて枯れた桜の木で彫ったものだよ。親父の唯一の道楽だった」

親方は一体の像を手に取った。

「祖父さんの死後、親父が小糸の菊桜を使って彫ったものだ」

セイジはそれを持たせてもらった。藤七のあとを追うように枯死した菊桜の観音像である。先代が藤七と小糸の供養のために彫った観音菩薩はどこか儚《はかな》げな風情を残していた。二人の道行きを知るセイジには軽い感傷がこみ上げた。

「親父の仏像作りはあの頃からいっそう熱が入り始めた。祖父さんの残した菊桜の枯れ木は親父の心のどこかに鍼《はり》を打ったんだ」

親方は観音像を元の場所に戻すと、別の棚の一角を指し示した。

「ここにあるのは親父がわしのために彫った仏だ。小糸の菊桜を使った弥勒《みろく》菩薩だよ」

親方の示した場所には別の空気が鎮座していた。そこには婀《たお》やかな菩薩像が並んでいた。それぞれ大きさも彫り方も違うが、どの木像も台座に腰をかけ、下ろした左足の膝にあぐらを組むように右足をのせた姿である。頬に指を当て瞑想する形が優しかった。

「親方のために？」

「弥勒菩薩は、お釈迦様が亡くなって五十六億七千万年の後《のち》にこの世に降りて来て衆生《しゅじょう》を救ってくれる未来仏だ。わしは子供の頃から奇行が多かったから親父はわしの将来を案じたんだろう。中学生の頃のわしは不良で人の道を踏み外しかけていたからな」

「本当か」

セイジは目を見開いた。その口元から笑みがこぼれている。親方が急に身近な存在に思えたのだ。

「わしは幼い頃、夜中になると寝床を抜け出て森の中をうろつく癖があった。自分ではよく憶えていないんだが、藪の中を駆け回ったり、木に登り、枝から枝へ飛び移って騒いでいたらしい。猿のようにな。朝、布団の上で目覚めると体中引っ掻き傷や擦り傷だらけ。母親が大騒ぎをするというわけさ。月の晩になるとわしの異常行動が増えるもんだから親父も深刻な顔をしていたよ」

「夢遊病っていうのか、それ」

「わからんね。全身の筋肉が痙攣して、膨れ上がり、破裂しそうになる体の感触だけは今も憶えている」

親方は十四歳のときに大事故に見舞われた。崖から転落し生死の境をさまよったのである。

加藤少年は高さ三十メートルの断崖の下で倒れているのを発見された。全身に十数か所の骨折があり、重篤な状態だった。昏睡から覚めた少年の言葉に両親はさらに驚愕せねばならなかった。「こっちの崖から向こうの崖まで谷を一跨《また》ぎで渡れると思った」十四歳の親方は青白く光る目を枕元の両親に向けたのである。

「それがわしの瘋癲《ふうてん》期の終わりさ。それ以後はわしの真夜中の徘徊はぴたりとおさまった」

親方は振り返る。彼の父親は祖父の前に出ると萎縮していた。父親は祖父に強い憧れを懐いていた。十六代加藤惣右衛門——藤七を加藤一族の血脈の到達点だと仰ぎ見ていたのだ。親方の父親は加藤家の血筋が自分の代と息子の代で別の支流に移って行く恐れを持っていたのではないだろうか。

「親父が小糸の菊桜でわしのために弥勒菩薩を彫ったのは、わしの奇天烈《きてれつ》な血を藤七の本流に戻して浄化させたいという一念からかもしれん。加藤家末代まで良い影響が続くようにと」

親方は上目遣いにセイジを見た。

「桜畑に祠があるだろう。あれも祖父さんが亡くなった年に造ったものだ。中に祀ってあるのは親父が小糸の菊桜で彫った神像だよ。藤七は加藤家の屋敷神になって一族を守っているのさ。仏になったり神になったり、祖父さんも苦労する」

親方はさらりと言ったが、その表情は重かった。セイジは桜畑の奥まった場所にある小さな切り妻《づま》屋根の祠を頭に浮かべた。毎日のように何気なく見ている風景にも親方一族の屈折と葛藤が隠れているのだ。セイジは息のつまる話を自分のような弟子に打ち明けてくれた親方の度量に感激した。

「セイジ、わしの手遊びも見せてやろう」

親方は蔵の奥へ進んだ。古い長櫃《ながびつ》が壁際に置いてある。親方は長櫃の蓋を開けた。それは博物館の学芸員のような慎重な手つきだった。

「見ろ」

親方の声に引き寄せられ、セイジは長櫃の中を覗き込んだ。恐ろしくリアルな木像がびっしりと並んでいた。彫刻というより超絶技巧による人体の縮尺模型とでも呼んだ方がふさわしく思われた。セイジの脳裏にテレビで観た秦始皇帝陵兵馬俑《へいばようこう》坑の画像が重なった。巨大な坑《あな》に副葬された兵士と馬の彫像は完璧な写実だった。しかし、今セイジの見ているものは次元が違う。彩色こそされていないが、実物以上に実物らしい、ハイパーリアリズムの木彫である。それらはさまざまな人間の姿を彫り出していた。笑う子供、泣く女、怒る老人、得意満面の男、絶望する男、何かの作業をしている男女の集団、三人の若者が両腕を広げ、叫んでいるような像もあった。鑿《のみ》や彫刻刀の跡は一切感じさせない。その技巧は植木職人の手慰みの範疇《はんちゅう》を遥かに超えていた。親方が植物と対峙するときに発揮する神がかりの生命感覚はこの工芸能力と無縁ではないとセイジは思った。

「親父の真似をしてわしも暇を見つけては彫っている。枯れた桜の木には生きているときとは違う別の力が宿っている。それがわしを彫刻名人にさせるのさ」

明かり取りから差し込んだ光が埃を映して揺らめいた。長櫃の閉まる音が土蔵に低く響いた。

セイジの住み込み修業の期間は終わった。親方の家を出て村の外にアパートを借りた。気ままな独り暮らしはうれしかったが寂しさもあった。加藤家の茅葺の家に生涯居候でいるのも悪くないとセイジは思っていたのである。

深紅《しんく》や臙脂《えんじ》の葉が辺り一面を覆っている。

クロスバイクの太いタイヤが路面の落ち葉を巻き上げていく。アパートから村の親方宅まで二十分ほどだった。ペダルを漕ぐ足に力を込めればその半分もかからない。あっという間の距離だが、セイジはのんびりと通勤を楽しんでいた。

前方に人影を見たときハンドルを握る指がこわばった。人影は男だった。セイジは海溝に吸い込まれて行くような胸苦しさに襲われた。男の姿が明瞭になるにつれてそれはアドレナリンが一気に湧き立つ体感に変わった。道路脇で立っていた男はセイジのクロスバイクの前に立ちふさがった。男がゆらりと接近した。

「元気そうだな」

人の弱みにつけ込む声は変わらなかった。肉食昆虫の眼と不潔な苔を思わせる青黒い頬もかつてのままだった。十二年の空白も男から呪わしさのひと欠《か》けらも奪い去ることはできていなかった。八歳のセイジの時間軸は静止したままだ。セイジは今もそれが軋みながら空転し続けているのだと思った。

「町ですれ違ってもわからんところだった」

菊池巌——セイジの父親は自分の体格に似ず成長した息子を見上げた。セイジはその一言で父親が自分の身辺を探った上でここに現れたのだと悟った。

「何の用だ」

セイジは相手の目を見据えた。

「お前を見つけるのに苦労したぞ。近頃はどいつもこいつもプライバシーだとか何だとか言って個人情報を教えたがらない」

「用件は？」

セイジは声に敵意をこめた。

「仕事を手伝ってもらいたいんだ」

巌はセイジのクロスバイクのハンドルに手を置いた。

「お前はいい所に世話になってるな。加藤惣右衛門といえば有名人じゃないか。植木屋とはいえあれはなかなかの分限者だ」

「触るな」

セイジはハンドルをひねって父親の手を払った。巌は払われた右手を一瞬宙に浮かせ、今度は両手でハンドルを摑み直した。素早い、抜け目のない動作だった。

「惣右衛門は桜翁とか呼ばれて今や植木屋というより立派な文化人だ。そういう人物の運転する車が幼稚園の送迎バスに突っ込んだらどうなるかな」

「何だと」

「セイジ、おれはな、最近仕事についたんだ。幼稚園の送迎バスの運転手さ。お前のことを調べるうちに加藤造園の近くの幼稚園が運転手を募集していることを知った。おれはすぐさま応募した」

「何を考えてる」

セイジの瞼が痙攣した。

巌は一呼吸を入れ、黙り込んだ。それはこの男が相手の心に入り込んでいく準備であることをセイジは知っていた。

「惣右衛門が車で外出するよう仕向けろ」

巌は口を開いた。

「仕事用の軽トラックでも乗用車でもいい。あの爺さんにハンドルを握らせるんだ。幼稚園の送迎バスの運行コースはあの村を出る道と交差する。おれの運転するバスが通りかかる時刻に爺さんに運転させて車をそこへ走らせるんだ。お前も同乗してな」

交差地点で直進する送迎バスと右折する親方の車が接触事故を起こすように仕組むのだと巌は計画を明かした。

「事故の按配はおれにまかせておけ。子供の一人や二人怪我をするかもしれんが、死人が出るような事故にはしないよ。安心しろ。要は爺さんに事故は自分に非があると思わせることだ。そこへ責任はおれがかぶると持ちかける。向こうは飛びついて来るぜ。示談成立だ。桜翁の名前なら相当の金が取れる」

「親方はあんたの手に乗せられて金を出すような愚かな人じゃない」

「幼稚園児で満員のバスに突っ込むんだぞ。子供を巻き添えにした事件ほど有名人が恐れるものはない。事故でパニックになった年寄りの頭じゃまともな判断はできっこない。おれは予定通り責任を取ってバスの運転手を辞める。大した事故じゃないから実刑を食らうこともない。お前の親方の出した金がおれの退職金ってわけだ」

「監視カメラがある。映像を見れば事故の真相がわかる」

「あの場所に監視カメラはないんだ」

巌は笑った。この男はカメラがあろうが、目撃者がいようが、狂言事故を完璧にやりおおせると自信を持っていた。

「セイジ、お前は親方の車の助手席で体を縮めてろ。分け前を楽しみにな」

セイジはクロスバイクの前輪で父親を突き飛ばした。憎悪をこめた衝撃が伝わったはずだが、巌は草むらに横転したまま平然としていた。彼はセイジの方に首だけをもたげて歯の欠けた暗い空洞を見せていたのだ。セイジは激しい嘔吐感を催した。

生垣の刈り込みをしているはずの剪定鋏が自分のもののようではなかった。鋏の音のリズムが乱れているのがわかる。吐き気はまだセイジの胃袋に留まっていた。それは父親のあくどい企てを知ったからではなかった。その稚拙なやり口で加藤家の当主を騙しおおせると考える思考の低劣さに胃液の逆流が止まらなかったのである。

先輩職人がセイジを見ていた。セイジは心の内を気取《けど》られぬように気を引き締めた。親方に迷惑がかかってはならない。親方が安っぽい偽装事故に引っかかるとは思わないが、あの汚染された男が親方に接触する状況だけは排除しなければならない。

闇が父親を連れて来た。アパートのドアを開けると巌が立っていた。セイジが寝支度にかかったところだった。この物《もの》の怪《け》は暗闇に溶けてどこにでも侵入するのだとセイジは思った。

「実行の日を決めよう」

巌は息子が計画に加わるものだと決めつけているようだった。部屋に入ろうとするその体をセイジは押し戻した。父親の体は軽かった。かつて、自分の体の倍もある肥大漢を拳で屈服させた恐喝者はセイジの力によろめいた。

「二度と来るな」

セイジはさらに父親の体を外に突き出した。

巌の目が鋭く光った。彼は腰を沈め、セイジの腹をめがけて蹴りを入れて来た。セイジは予測ずみだった。体を半身にひねってそれをかわした。顎を狙った拳が飛んで来たが、それも余裕を持ってしのいだ。セイジの反射神経は父親の体の動きを察知していた。セイジは父親の股間に脚を差し入れ、跳ね上げて投げ飛ばした。起き上がった父親の鼻柱に拳を叩き込む。醜悪なもの、残酷なもの、自分を生み出した禁忌なるものにセイジは怒りを爆発させた。セイジの憤怒に巌の顔面は細切れの肉片と化した。それはセイジの幻想だった。彼は父親を叩きつけることはできたが、その顔を殴ることはできなかった。父親の目を見ると拳が止まった。セイジは吼《ほ》えながら巌を何度も投げつけた。アパートの窓から漏れる灯が泥と落ち葉にまみれた巌を照らし出していた。朽ちた布切れのようになっても巌の悪意は消えていなかった。彼は体をよじってセイジに血と泡の混じった唾を吐きかけた。それは身体を陵辱されるほどに喜悦をたくわえていく性倒錯者の姿を思わせた。セイジはよろめきながら両腕で体を包んだ。寒気を覚えたのである。

巌はそれからもセイジの前に現れた。

朝、セイジの出かける時刻に影のように道端で立っていた。帰宅の途中にも薄笑いを浮かべたその姿があった。松の剪定をするセイジが気配を感じると物陰から巌がこちらを眺めていた。町の食堂でふと振り向くと後ろのテーブルに巌がいた。

「親方におれのことを話したか？　子供の頃別れた父親があなたを陥れようとしていますと。お前の哀れな身の上話を包み隠さずにできるかな」

セイジの背後から声がする。それは洞窟の奥から響いてくる呪文だった。巌はセイジの神経をいたぶり、追いつめて自分に従わせるつもりなのか。それとも幽鬼のようにつきまとう行為自体を愉しんでいるのだろうか。亡霊——、セイジはすでにこの世の者ではない存在を相手にする徒労を感じた。

巌が加藤造園の近辺に姿を見せたとき、セイジの鈍りかけていた意識が現実のものに戻った。巌は三百年を経た茅葺の加藤家の周りをうろつき始めた。桜畑にその姿が出没するにおよんでセイジの迷いは決意に収束していった。

巌の居所はわかっていた。巌が加藤家の様子をうかがいに来るのを待ち伏せし、後をつけたのだ。彼はセイジと同じ町に住んでいた。今度の目論見《もくろみ》のために転居して来たのかもしれない。廃業した理髪店の二階が彼のねぐらだった。店舗はシャッターが下りているが、ねじり飴のようなサインポールがそのまま残っていて、それが危険生物の生息場所を教える目印でもあるかのようだった。

巌は毎晩のように出かける。駅前の大衆酒場の貧相な肴で燗酒を名残惜しそうに飲む、それが彼の日課だった。元理髪店から駅前まで彼は歩いて行く。田舎町の家並みは暗い。セイジは後をつけた。幾晩もそれは続いた。チャンスはいくらでもあった。セイジに最後の踏ん切りがつかなかっただけである。

ポケットのナイフを彼は何度も握り直した。藤七の匕首と何という違いだろう。セイジは百年以上昔の男がうらやましかった。女のために懐に匕首を忍ばせた若者を美しいと思った。藤七は口にくわえた桜の接ぎ穂とこぼれる唾液に往生しただろうか。彼には苦行ではなかったはずだ。花の芽は小糸そのものだったから。セイジには桜吹雪に包まれて故郷を目指す藤七が見える。目もくらむ舞台だ。セイジに用意されたのは塵溜めだった。臭気を放つ百足のような生き物が同じ暗窟《あんくつ》に巣食う蛆虫を殺そうと這い進んでいる。セイジは呻《うめ》いた。神様は人を殺める心境にも格差をつけるのか。

夜気が日を追って尖ってきている。セイジは酒場の外で父親が出て来るのを待っていた。汚れたカウンターにもたれる小さな男はとうに息子の殺意に気づいているのかもしれない。縄暖簾の奥で女が笑っている。それに掛け合うように濁った男の声がはしゃいでいた。声だけなら父親は大男だった。

この夜実行できなければもう機会はない。セイジはそう思っていた。血がすっと沈んでいく。今夜は違う。できる。セイジは絶対の意志を確認した。店の前に駐車したワゴン車の陰から首を伸ばした。巌が出て来る頃だ。

酒場の戸が開いて縄暖簾が割れた。二つの影がもつれ合うように現れた。セイジはナイフを取り出した。影は男と女だった。巌は女の肩を抱いていた。ナイフを構えたセイジの足が止まった。男と女は駐車スペースに停めた軽乗用車の方へ歩いて行った。セイジは足を踏み出したまま動けずにいた。女の甲高い笑い声がセイジを金縛りにかけていた。巌は正体を失うほどに酔っているようだったが、女の足取りはしっかりしていた。女が運転席に乗り込み、巌は反対側のドアからよろめく体を差し入れた。エンジンがかかり、車はゆっくりと発進した。女の横顔が見えた。たるんだ顎と、焦げ茶に近い口紅の色が浮かんだ。

女は慣れたハンドルさばきで車体を通りへ出した。軽乗用車は暗い路面にライトを放って玩具のような車体を滑らせて行った。

セイジは立ちつくしていた。車のライトが闇の向こうに消えても彼はまだそこを動かなかった。

女は父親の愛人なのか、飲み屋で意気投合しただけの女なのか。巌は役者が上だった。予想もしていなかった脇役をここで登場させるとは。セイジはナイフを折りたたんでポケットにしまった。

あの日と同じだ。巌はセイジの目の前で掻き消えた。ジャージーの汗の臭いだけが残っていた。父親には触《さわ》れない。セイジが伸ばした手はその背中を突き抜けて壁に突き当たる。ときどき現れる人間の形をしたものはテレビの気象予報士が解説している霧とか靄とかいう天気の気まぐれの産物にすぎなかった。セイジは手をかざしてみた。手の平には実体があった。自分もあの男みたいにガスのような水滴ならどんなに良かっただろう。雨でも雷でも、あいつらはあんなに楽しそうにがなり合っているじゃないか。反動や抵抗のきっかけすら与えられぬまま、セイジは箱の中に置き去りにされた。自分は永遠にあの輪郭のない生き物の呪縛から逃れられないのだとセイジは思った。風がぶつかって来る。セイジは風が吹き抜けていかない身体が恨めしかった。

巌は死んだ。

テレビのニュース映像に真っ二つに割れた軽乗用車が映っていた。

テレビの音声は軽乗用車がセンターラインを越え、対向車線の大型トラックと正面衝突したと報じていた。軽乗用車は撥ね飛ばされ、後続の車にもぶつかって大破したのである。

巌と女は即死だった。二人の体は投げ出され衝突現場から離れた竹藪に引っかかっていた。トラックの運転手は軽傷、後続の車の運転手も命に別状はなかった。「菊池巌さん（53）」「大野綾子さん（46）」というテロップがセイジを揶揄するかのようだった。

朝の出勤前だった。テレビをつけるなりセイジはその画面に出くわしたのである。走り去る軽乗用車のエンジン音がまだ耳に生々しい。セイジはテレビから目をそらした。「軽乗用車は制限速度を二十キロ以上オーバーしていたと思われます」ニュースの音声がセイジを追いかけた。

セイジは泥酔した巌が途中で車を停めさせ、女から無理やりハンドルを奪う場面を想像した。父親は上体をぐらつかせてハンドルを握ったに違いない。あの女は酔っていなかったし、無茶な運転をするタイプにも見えなかった。

女もまたセイジのように対処の間もない奈落に遭遇したのだろうか。セイジは一度起き上がったベッドに再び転がった。溜め込んだすべてのものが体から抜けていく。セイジは全身を圧縮する引力のなすがままになるしかなかった。加藤造園に向かってペダルを漕いでいる間も彼は胸がひしゃげ肺や心臓が飛び出す怖気《おぞけ》にさらされた。それが呪縛からの解放の反動であることにセイジはまだ考えが至らなかった。

加藤家の裏口を入ると親方夫人が飛び出して来た。セイジは半ば予測していたこの場景も負担だった。老夫人は蒼白になっていた。

「施設の方から連絡があってね、お父さんが事故で……」

セイジと姉が暮らしていた養護施設から親方のもとに知らせが入ったのだ。セイジがうなずいたので夫人は言葉を続けなかった。彼がすでに事故をニュースで知ったことに気づいたのだ。

加藤造園の職人達はセイジの家庭事情を知らない。セイジへの態度はいつもの朝と変わらなかった。セイジが軽トラックの荷台に刈り込みの道具を積み込んでいると親方の声がかかった。親方は縁側に立ってこちらを見ている。セイジが駆け寄ると親方は縁側で体をこごめた。

「しばらく休め」

親方はそう言って白い封筒をセイジに差し出した。

「葬儀だけはしておけ」

親方の目がいつもより少しだけ長くセイジの顔に留まった。セイジは何も考えていなかった。親方の一言で我に返った。手渡された封筒は分厚かった。親方は背を向けて部屋に戻って行った。封筒の中身は金だった。親方は葬儀費用を出してくれたのだ。

母親の行方は今もわからない。姉も里親の家を飛び出して音信不通だった。セイジは一人だけで父親を送った。葬儀といっても火葬のみである。葬儀社で簡単な儀式をすませ、市営の火葬場へ直行する。棺の中には白布で包んだいびつな塊が横たわっている。遺体の顔は見られなかった。セイジにとってもその方がありがたかった。セイジは妙ちきりんな気分だった。その場所に自分がいることに合点がいかない。見知らぬ若い男が灰色の廊下で椅子に腰をかけ、低く唸り続ける火葬炉の扉を見つめている。セイジは離れた場所からその光景を眺めているのだった。

遺骨はその夜アパートの部屋で砕いた。金槌《かなづち》で丹念に粉になるまで砕いた。セイジの心は平静だった。日が昇るのを待ってセイジは骨灰《こっかい》を土手に撒いた。台風が接近しているので風が強かった。人間一人の一切合切が風に巻き上げられ空に散った。セイジは父親には過ぎた弔《とむら》いだと思った。

真っ青な地《じ》に桜色の幻が満ちている。

幻と見えたのは、花びらが動くごとに霞《かすみ》のような影が勢力を増すからで、セイジはそのわずかな時間だけ樹液と光線と弾んだ足取りが停滞するのを感じた。場面はセイジが覚醒した後もくっきりとした輪郭を保って消えない。

大昔、ヒマラヤから日本列島に桜の種を運んで来た鳥や昆虫のようにセイジは親方について各地を回っていた。自らの意志に反して名声を博してしまった親方には地方からの要請が多かった。桜の生育状況を見て欲しい、桜についての講演をして欲しい、そんな話がほとんどだった。その中には桜の老木の「治療」の依頼もあった。

某県の村に樹齢千三百年といわれる彼岸桜がある。幹の太さは大人が四人手をつないでも回りきらない。うねうねと広がった蜘蛛の妖怪を思わせる枝は自らの力では支えきれず、人が設けた支柱で辛うじて崩落の悲劇を逃れている。周囲を石垣で囲ってあり、それは桜を保護する防壁というより、自由を束縛する檻のように見えた。もとは訪れる人もない寒村だったが、テレビの旅番組で桜の巨樹が紹介されたことがきっかけで観光客が押し寄せるようになった。

「来年、春の観光シーズンにはひとつパアーッと満開になるようにお願いします。桜翁のお力であのお爺さん桜を元気にしてやって欲しいんです」

村の観光課の若い職員が頭を下げた。ショーウインドーに造花の飾りつけでも依頼するかのような軽い口調だった。村役場の応接室で職員は親方にべんちゃらを並べ、隣のセイジにまで追従笑《ついしょう》いを見せた。

千三百歳の彼岸桜は瀕死の状態だった。

桜を観察する親方の目は難病患者に匙《さじ》を投げる医師のそれに似ていた。桜には壊死した患部を自力で再生する能力はない。桜は人の手で世話をし、小まめな手当てをしないと生き残れない樹木なのだ。いったん朽ちかけると手のほどこしようもなくなる。親方は絶望的であることを口にしなかった。セイジはそのことが驚きだった。桜の保護を怠《おこた》ったり、観光客招致のため過剰演出で桜を弱らせたりした管理者には親方ははっきりとものを言うのである。

「手当てをしてみましょう」

親方の横顔はセイジが初めて見るものだった。今回の地方行脚は端から親方の様子がおかしかった。

「えらい役を仰せつかった」

樹齢千三百年の老木の治療を委託された親方はうろたえていた。普段このような物言いをする人ではない。親方に連絡してきたのは某国立大学の元教授だった。親方の旧い知己の一人だ。彼岸桜のある土地の有力者がその老教授と親しく、彼を介して親方に話が持ち込まれたのである。元教授は自然史学、生態学を専攻した人で登山家としても名のある学者だった。親方にとって老教授はよほど非礼を許されぬ相手だったのであろう。それにしても、この親方にしてここまで気遣う相手がいることにセイジは意外な思いだった。

セイジは巨樹を見上げた。哀れさがこみ上げた。囚《とら》われの大王だ。奇形的様態に成り果てた黒い樹幹は陰気な呼気を吐きながら割れた脇腹を見せまいといっそう胴を折り曲げ苦悩をつのらせている。悪夢の重みに捥《も》ぎ取られる寸前の蜘蛛の脚はそこに助けが来てはいないかと土中ばかりを探っている。桜はセイジを意識していた。枝先の青葉が心なしかセイジに向けて動いたように思えた。セイジは無意識のうちに反応していた。水だ。セイジの体は一瞬にして分解し、千三百歳の桜の根に吸い上げられ樹液となって導管に流れ込んだ。生きている細胞、死んだ細胞、変形して生と死の境をさまよう細胞、それらがセイジの行く手を阻《はば》み彼を排除しようとする。セイジは邪魔者なのだ。彼は汚れた汁だった。樹液のトンネルに癌腫のようなふくらみがあり、それが肥大化して人の形に変わる。巌だった。セイジの父親は息子を見て歯を鳴らした。まるで野晒《のざら》しの頭蓋骨が風に吹かれて歯を震わせるかのように。

「あんたと母さんの部屋は空っぽだった」

セイジは父親に詰め寄った。

「おれと姉さんは血と泥の夢に無理やり陽気な歌を持ち込んでうたった。造り物の花を飾った。薔薇の匂いの旋律と焼き菓子の味がする歌詞で体が大きくなれるんだって誰かが教えてくれたからだ。おれと姉さんはそうやって毎日祈ったんだよ」

巌は樹液に沈んでいく。セイジがその体を摑もうとするとそこに実体はなかった。老廃物、不要の混合物、残忍極悪の気泡――。

光が差した。セイジは光に向かって手を合わせていた。藤七――十六代惣右衛門の姿を見たからだ。藤七は澄みきった流れの向こう岸に立っていた。藤七の背後には枯れかけた菊桜がある。藤七はセイジの問いかけに耳を傾けるかのように微笑していた。彼が手を揺らめかせると菊桜の枝も同じ動きをした。藤七の唇が動くとしぼんだ桜の花びらがそのリズムを真似た。セイジは藤七が何を言おうとしているのかを理解した。彼岸桜の天寿は尽きようとしている。芽を吹く喜びも、枝や葉で世界を見る楽しみも、とうの昔の出来事だ。だのに、養いの大地がまだ足元にあると教え込まれ、偽りの希望を映したスクリーンを観せられている。これは残酷な嘘の物理実験だ。セイジは頭《かぶり》を振り、流れに足を踏み入れた。藤七の立つ向こう岸まで。川は思いのほか深く、すぐに背が立たなくなった。肺は呼吸を奪うものでいっぱいになった。セイジは流れに身をまかせた。水草がセイジの体に絡みついてくる。青臭い流れは彼によそよそしかった。セイジは巨樹の幹からはじき出されるように意識を戻した。

村の観光課の若い職員と親方の姿がある。

セイジは樹液の導管から膨れ出た父親の影を振り払い、桜という植物のことだけを考えようとした。死出の旅路に立とうとしている老いた樹塊は荘厳だ。そして悲壮だ。桜は村役場の企画した安直な地域興しの客寄せになる空疎さに気づいているのだろうか。

樹皮を固めた黒いかさぶたが人間界からの要請を拒絶する意思の表示であるならば植木職人の取りうる最善の態度とはどのようなものなのか。

(この半ば土に同化した古い樹木を若い役者に似せて化粧し直し、お披露目の舞台に立たせる)

それで——どうなる。

セイジの胸では疑問が渦を巻いていた。親方は村役場の担当者に話を合わせるようにしきりに頷いている。セイジは心に引っかかったことを口にすることができなかった。

その夜は現地の温泉宿に泊まった。親方は村役場の幹部連中の接待を受けて夜遅くになっても帰って来なかった。親方は宴席が苦手なはずだ。桜翁の心は今どのように動いているのだろうか。セイジは窓を開けて夜気に身を晒している。宿は渓流に突き出るように建っているので水音は床下を伝わっていく。漆黒のしじまを裂いて鳥の悪声が響いた。セイジの心臓は縮こまった。鷺《さぎ》という鳥の鳴き声だけは好きになれない。彼は舌打ちし、アルミサッシの窓を手荒く閉めた。

彼岸桜の「治療」は大がかりなものになった。加藤造園の職人に加えて地元の植木職人を何人も雇った。作業は桜を囲っている石垣を撤去することから始まった。観光名所らしく見せるために桜の周りに盛り土をし、石垣を積み上げた。命の終わりが遠くない桜の巨木はそれが原因で根の呼吸ができなくなり一気に衰弱したのである。

親方は年齢を忘れたように動き回り、職人達に檄を飛ばしていた。その姿もいつもの親方ではなかった。この仕事に彼が特別の感情を持っていることが痛いほどに伝わってきた。セイジには親方の奮闘は無意味なものに思えた。この老木再生の取り組みはむなしく終わるのではないかと。だからこそ——、セイジは身を引き締めた。自分が親方を支えなければならない。親方の名に傷がつくようなことがあってはならない。職人として学んだ知識と技だけを信じるのだ。老衰した樹木をたぶらかすのではない。生命を手放しかけている植物に生き長らえる心を呼び起こさせる施術をほどこすだけのことだ。

植木職人がときに科学者の氷の脳を持ったとしても嘲笑の対象には当たるまい。

永劫から何かが城壁を越えて来る。

棺の蓋が開き、肉の削げた腕が伸びて灰を撒き散らす。悪徳に染まった舌が歌い出す。雌蕊《めしべ》は消えた、雌蕊は花に、雌蕊は葉っぱに、雄蕊は平気の平左で知らん顔。そして、種は海淵《かいえん》に。セイジは歌声の主を知っている。そいつは不浄の獣のように立っていた。その姿は部屋の隅にあるようで、その実、部屋全体の空気を独り占めしていた。

「親方の恩に報いるときだ」

不浄の獣は言った。獣の姿は樹液にまみれているときより生々しかった。

「お前はおれの醸した一滴の血だ。辱めを誉れに、むごさを至福に変えるがいい。業火に焼かれる恍惚をお前なら理解できるはず」

「おれにどうしろと」

「自然の上位に立て。奴等の自由を奪うのだ。神は人間に祈れという。違うな。見下すのだ。服従を拒んだ者を地獄に蹴落とす権利はお前にある。草や木は苦行に耐えるしか能のない生き物だ。遠慮はいらない。神や仏にほだされて自然物に罪滅ぼしの念を懐き、へらへらとすり寄っていく能天気な連中と我々にどれほどの違いがあるのかを見せつけてやれ」

「親方はそんな考え方をしない」

「心の片側だけを見るな。きれいごとばかりで出来た人間などいない。皆どこかで秘密の儀式を主宰したいと願っているのだ」

セイジが言い返そうとすると獣はすっと遠のいた。焼けた骨の臭いだけがそこに留まっている。

村役場の用意してくれた宿舎の部屋である。セイジはベッドの上で体を起こしていた。毛布はずり落ちて、シーツには蛇がのたくったような皺が寄っていた。雨の音が続いている。雨は彼が眠る前から降っていた。

今日の作業は休みだろう。

セイジは鈍い意識の下で思った。けれども、彼だけは現場へ行き桜の顔を眺め、桜と同じ空気を吸わねばならない。一日の空白が桜の病状に異変をもたらすかもしれないのだ。セイジはできることならば桜の横にテントを張りそこで寝泊りしたいほどだった。

親方とセイジ達職人の宿舎暮らしは一か月以上続いた。桜の根を押さえつけていた石積みの囲いを解体するだけでも多くの日数を要した。桜はやや乾燥した瓦礫混じりの肥沃土を好む。彼岸桜の下の土は劣化していた。土壌の改良は必須だった。堆肥を混ぜ込んだ土を運び入れ、古い土と入れ替える。衰弱した巨木のために最上の環境を整える作業は繊細な手術だった。親方は先祖から受け継いだ三百年の植木職人の技術をすべて注ぎ込んだのではないか。それは自らの血液を桜の樹液と取り替えるような執念をうかがわせた。土の交換、微生物をたっぷり含んだ土で桜の根元を埋める作業だけは今回の治療期間では終わらない。樹勢の具合を確認しながら時間をかけて養生していく必要がある。

スコップを持つセイジの腕が痙攣した。祈るな――見下すのだ。土中から獣の声が指図する。セイジは耳の穴に泥を詰めた。声を消せなくとも汚泥が鼓膜を突き破り脳に到達してくれるかもしれない。セイジは意識の混濁を望んだ。植物の根と土の隙間に分け入り有機物の化生《けしょう》になる。セイジは熱に浮かされたように作業に没頭した。

我に返るとセイジは親方と顔を見合わせていた。仕事の最終日だった。体が二つに分かれた感触がある。やれることはすべてやったのか。樹木の病巣に自分は正確にメスを入れることができたのか。半身の自分が頷き、半身の自分は沈黙した。親方は疲労しきった長い息を吐いていた。セイジも倣《なら》うように肺をへこませたが、身体に溜まった濁った気体は抜けていかなかった。

地元新聞のインタビューに親方が答えている。

「来春、蕾がぱんと膨らんで命を放出する場面を想像しますな。ただ、この千三百歳の桜が花をどれだけ咲かせるか、それはもうどうでもいいんです。老木は自分なりに自分の体と折り合いをつけ、年相応のリズムで余生を送ってくれればいい。人間の都合などに惑わされずに。わしの願いはそれだけです」

作業に取りかかる前の鬱屈《うっくつ》とはうって変わって親方の顔は晴れ晴れとしていた。

セイジは次の春が来るまでの日々を仕事への集中と、月に祈ることで過ごした。桜の開花には月の満ち欠けが大きく関わっていると親方に教わったからだ。

セイジは月の出る晩に丈を伸ばしていく花木の名を唱えた。幸福に生きた人間の霊魂しか受け入れぬ花の神話を考えた。しかし、それは針の莚《むしろ》に座らされている彼の心境のわずかな救いの部分でしかなかった。同僚はそんなセイジを桜翁の遺伝子をねじくれて受け継いだ神経病みだとからかった。

「昔、『月に飛ぶ想い』というアメリカの歌があったな。桜はあの曲が大好きなのさ」

親方の軽口もセイジはどこか上の空で聞き流していた。

翌年の春。

村人は奇跡を見た。

彼岸桜——紅枝垂《べにしだれ》は濃いピンクの花房《はなぶさ》を瀧のように枝垂れさせ蘇った。青の天井から紅い巨大な果実がたわわに実る光景は過ぎた世紀から選《え》りすぐった桜花の宴《うたげ》だった。支柱に頼り切っていた長大な枝は膂力《りょりょく》を漲《みなぎ》らせ四方に張り出していた。大枝から分かれた小枝が撓《しな》り花の重みにあらがう喜びを謳っていた。樹齢千三百歳の老木が三十歳の若い桜に生まれ変わったかのようだった。

セイジは親方と共に開花の前から現地へ赴き、蕾が裃《かみしも》を着たように肩を張り、はじけるのを見守った。師弟は怒濤のような花の瀑布を前に息を飲んだ。無数の花の房が途切れることなく空から降って来る。親方の目は瞬きをすることも忘れて花びらに釘付けになっていた。彼の長い植木職人生活の中でも初めての体験だったかもしれない。朽ちかけていた桜の、これほどの生命の横溢、植物という未知、それに老境の今、親方は出会ったのだ。

大々的に式典が催された。村の主立《おもだ》った面々に加えて、県知事、市長、県会議員、市会議員、地元文化人、賑やかな顔ぶれが復活した桜の巨樹の下に集まった。会場には県内の有名レストランのシェフが腕を振るうテントも設営された。これに報道陣、一般参加者も入って式典は大がかりなものとなった。

特別招待客の筆頭はむろん加藤惣右衛門である。セイジと同僚の職人達は晴れがましい場所で小さくなっていた。来賓の挨拶が終わり、特設のステージに合唱団が上がった。正装した混声合唱団のメンバーは楽譜を持ち、骨盤が正しい位置にあるのを確認するかのような姿勢で整列していた。大きく顎を開いた口から訓練をつんだ歌声が流れ出た。

歓喜　美しき神々の火花
　楽園《エリジューム》の乙女
われら火の酒に酔い

天なる汝《おんみ》の聖殿に踏み入る

村役場の幹部職員や村の世話役が入れ替わり立ち替わり親方とセイジの元へやって来ては労をねぎらい賛辞を残していった。観光課の若い職員は自分が企画を担当したこともあって舞い上がっていた。親方は如才なく相手をしていたが、セイジの耳には周囲の声は届かなかった。親方はセイジの背中を小突いた。セイジが腑抜けのように立ちつくしていたからである。

「しっかりしろよ」

親方は弟子に軽く活を入れた。セイジは動けなかった。セイジは火災の煙で窒息しかかった半焼死人《はんしょうしにん》だった。悔恨が彼の胸で渦を巻いていた。彼岸桜の治療に取り組んだあの一月《ひとつき》と数十日、彼は毎夜宿舎を抜け出して作業現場へ行った。親方には内緒の行動だった。セイジはもう一人の自分を始動させねばならなかった。

セイジは桜を脅したのである。中学時代万引きの主婦を脅したように。遊園地の責任者を震え上がらせたように。担任の教師を追いつめたように。そして、巌が肥大漢を痛めつけ屈服させたように。相手に恐怖心を植えつけるのは巌から受け継いだ眼だった。セイジが感情を拭《ぬぐ》うと眼窩《がんか》の奥で鬼火が燃えるのである。それは生命の焚口《たきぐち》から忍び入り、魂を内から爛れさせる冒瀆の炎だ。肺腑《はいふ》から漏れる底籠《そこご》もりのする呼吸音も獲物を居《い》竦《すく》ませた。禍々しい斑《まだら》の糸はセイジが知らず知らずのうちに紡いできたものだったかもしれない。セイジにとって人間も桜も変わりはなかった。セイジは親方の苦悶を目の当たりにしていた。親方の緊張は尋常ではなかった。千三百歳の桜には花を咲かせてもらわねば困ると思った。セイジは一度意思を通じ合ったその巨樹に眼光を注いだ。

「お前に咲いてもらわないと親方が恥をかくことになる。親方は年だ。ショックでそのまま死んじまうかもしれない」

セイジは桜の幹を蹴り上げた。靴の踵《かかと》に殺気を込めた。彼は掘削用のドリルを脇に抱えていた。セイジは桜の枝先の真下へ移動し、ドリルを構えた。その地中には桜の根がある。樹木は根の先端から栄養分を吸い上げるのである。セイジはドリルを地面に押し当てた。

「もし、来年咲かないとお前の根を全部切る」

セイジはドリルを軽く作動させた。螺旋状の刃が回転するモーター音が響いた。桜の幹が胴震いし、枝の青葉が逆立った。

セイジは植物の戦《おのの》く声を聞いた。そうなのだ、セイジは気づいた。この暴虐の日のためにおれはあの部屋で親が帰るのを待ち続けたのだと。セイジは桜の肌を撫でた。思いやりのある優しげな手つきで。一転、セイジは枝に飛び上がり、体重をかけてそれをねじ上げた。枝の繊維がよじれた。腕を肩からもがれる激痛に桜は激しく哭《こく》した。セイジは枝を飛び移り桜に打撃を加えた。恐慌をもたらすには減《め》り張《は》りが必要だった。罵り、鼓膜が破れるほどに怒鳴りつけた後は優しくささやく。ときには身の上話でこちらが泣いてみせる。その直後にまた豹変する。入れ替わる恐喝者の表情は獲物の心を弱らせるのに効果的だった。桜は生きたがっていた。人間が命の意欲を刺激してやらなくとも、この花の老木は生き延びる機会をうかがっていたのだ。生と死を凌駕し信仰そのものになる神木など存在しないことをセイジは知った。幽界から枝を伸ばして群集に霊的語りかけをしているかに見える千三百歳の植物も追いつめられれば心を乱して処刑人に許しを乞う。

セイジは毎夜桜の元へ通った。腐った魂だ。セイジは自分の腐臭を払いながら夜道を歩いた。桜はセイジの足音を聞いただけで縮み上がった。セイジは鬼だった。頭の上に父親の顔が乗り、右肩には母親の顔が張りつき、左の肩には姉の顔が浮き上がっていた。桜は掘削用ドリルをぶら提げて接近して来る若者の妖気を身体で理解した。

セイジは花房の海に浮かんでいる。花びらの紅《あか》が暗い脳漿の色に変わっていく。親方は血の気が失せたセイジの顔を覗き込んでいた。

「大丈夫か？」

親方の目尻の皺が動いた。

「おれ、この彼岸桜を脅しつけたんだ」

セイジは漏らした。語尾の後に死んだ根が糸を引くような声音だった。

「わしも若い頃経験があるよ。何度種をまいても芽が出ては枯れる。三年たってもう大丈夫と思ったらまた枯れる。しまいには腹が立って桜に怒鳴ったものさ」

親方の顔はいつもと違って見えた。何か薄い皮膜で出来た別の顔がかぶさっているみたいだった。

違うんだよ、親方。そんなんじゃない。セイジの涙声はざわめきにかき消された。彼は頭を抱えてうずくまった。おれの心から性悪《しょうわる》が抜けない。あれは今もおれの皮膚の裏側に張りついている。相手が竦《すく》み上がると鳥肌が立った。おれは愉しんでいた。桜が怯えるのを見て背筋がぞくぞくした。おれはうれしくてしょうがなかったんだ。

「いいんだよ、セイジ」

親方はセイジの横に腰をかがめた。

「お前はよくやってくれた。わしが今度の仕事で難渋しているのを見て、お前は自分を解放した。わしを助けるために。騙して悪かったが、お前の力を引き出そうと一芝居うったんだ」

「親方」

セイジは顔を上げた。親方の姿が二重写しになって見えた。二つの輪郭はずれ動いて形を合わせず、セイジの頭を混乱させた。

「人はそれぞれ『お化け』のようなものを背負わされてこの世に生まれて来る。人はそのお化けに一生つきまとわれ、見張られ、操られ、値踏みされ続ける」

親方は言葉を継いだ。

「因果なことさ。でもな、それは悪い意味ばかりじゃない。生まれるときに背負わされたお化けはその人間にとって唯一無二のものだからだ。そう考えれば厄介な相手への立ち回り方も工夫のしようがあるってものだ」

親方の姿は常闇《とこやみ》にあった。見えているのにそこに無く、無いはずであるのにそこに有った。親方は光を闇と名付けた見知らぬ者達の場所から呼応してきていた。

世の習わしの　厳しくわけ隔つるを
　敢て汝《な》が魔力は結びつける
汝《な》が優《やさし》き羽《は》交《がい》の下《もと》
　すべての人々は兄弟《はらから》となる

式典に集まった観客が一緒に歌い始めた。ドイツの歌曲はこの国の人々に浸透していた。参加者の喉から乱れのない歌声が広がった。千三百歳の彼岸桜は無数の昆虫の羽音を立てて枝をざわめかせた。地鳴りに似たドラミングは樹幹から轟く老い木の心音だった。枝垂れた血液の色が嵐の海となって逆巻いた。

「おお、桜が喜んでいる」

誰かが声を上げた。セイジは耳をふさいだ。喜んでなどいるものか。桜は断頭台の恐怖に竦み命乞いをしているのだ。

「ヒトが笑いという生理現象を最初に獲得したとき、それはこういう式典を茶化すための言葉だったのかもな、セイジ」

親方は合唱に加わった人の群れを眺めていた。セイジは式典の人の渦に親方の姿があることに気がついた。会場の親方は主賓らしく参列者の相手をし、笑顔を振りまいていた。セイジのそばにいるのはもう一人の親方だった。

「親方、あんたは？」

セイジの声がかすれた。

草と肉の臭いが押し寄せた。セイジの眼前にいるのは植物の身体を持った獣だった。腕――枝にとまった小鳥を一噛みで殺し、木の洞《うろ》と勘違いして腹に飛び込んだ小動物を餌食にする半草半獣の悪魔。

「わしはただの植木屋だよ。桜の遠吠えを聞き逃さぬ一族の血を引いた植木職人だ」

灰が舞っていた。それは奈落の室《むろ》から吹き上がった亡者のものに違いなかった。セイジが丹念に砕いた遺骨――。

「お前の父親はお前の前から消え去ることを望んでいた。望みながらお前にまといつくのをやめられなかった。だからわしが手助けをした」

親方の姿は元に戻っていた。

「親方が？」

「簡単なことだ。人は生まれながらにお化けを背負っていると言っただろう。わしはお前の親父のお化けをそそのかして車のアクセルを踏みこませ、ちょっとハンドルを切らせたのさ」

良い芽を生かすために不要な芽は切る。理想の樹形を作り上げるには忌まわしい枝は落とすのが鉄則だ。親方の眼の奥で植木鋏の刃が鈍く光った。

「わしは祖父さんとも親父とも違う。わしが生まれながらに持たされたのは闇の地平だった。人の到達できない穢土《えど》をわしは与えられたのだ」

親方の顔の深い皺が土中の虫になって蠢いた。

「わしの親父は、わしのために弥勒菩薩を彫った。死んだ祖父さんの霊にも助けを請うただろう。絶望を感じながらの作業だったかもしれんな。親父は知っていた。子供の頃、わしは闇の中で猿のように樹上を飛び回った。わしの身体は青臭い繊維になっていた。親父は目撃したんだよ。わしの真の姿を。加藤一族に現れた異形の血を。草の猿が満月に向かって飛ぶのを」

セイジの毛穴から汗以外の分泌物が滲み出た。

「わしが谷に落ちた話をしたな。あれは転落ではない。わしは本当に谷を一跨ぎできるはずだった。わしの脚は長い植物の根となって谷底へ届き、蔓状の腕は切り立った岩壁にも絡みつくことができた。わしはバランスを崩して転倒したにすぎない。わしの身体を操る技量が未熟だっただけのことだ。何せまだ十四歳だからね。真夜中だった。親父がわしを探しに来ていた。わしが何かを罵りながら谷底へ倒れていく瞬間、親父と目が合った。親父には素直になれなかった。わしはあかんべえをしながら谷へ崩れていったのさ」

「親方……親方」

セイジは師匠を二度呼び、背を丸め、ズボンの両腿に爪を食い込ませた。

いつしか親方の周りを人体模型のような彫刻が取り囲んでいた。それはセイジが加藤家の蔵で見たあの木像だった。長櫃の中の超写実世界。親方が意味ありげに含み笑いをしていた。

「わしは工芸職人じゃない。こんな本物そっくりの彫像は作れないよ」

親方は木像の頭を撫でた。

「これは彫ったものではない。取り出したのだ。長櫃の底に並べた彫刻はわしが桜の幹に封じ込めた人間だ。一度幹に封じ込め、取り出すとこの彫像になる。リアルなわけだ、本物の人間だからね。以前うちに若い弟子が三人いた。あれはろくでなし共だった。病気や怪我で辞めたことになっているが、うちの金を盗んで逃げよった。だからとっ捕まえて桜の中に放り込んだのさ。お仕置きだ」

セイジの瞼に三人の若者の木像が浮かんだ。木像は両腕を広げ叫ぶようなポーズをとっていた。あれは桜の幹に閉じ込められる寸前の抵抗の身振りだったのか、親方への恨みをわめき立てる姿だったのか。セイジは目をつぶった。眼球が狂乱して自死してくればいいと思った。親方の胸ポケットにそれが見えた気がしたからだ。小さな木像の頭。セイジが誰よりも見知った男の頭蓋の形。

「桜は下を向いて咲くんだ」

「お花見がしやすいように咲いてくれる花なんだ。桜って」

酔った男と女が喋っている。式典の参加者からはセイジと親方の姿は見えないようだった。二つの空間は何かで遮《さえぎ》られていた。セイジは親方から離れようとした。少しずつ後退りし、体を翻して駆け出した。全力疾走しても親方の姿は遠ざからなかった。もう数刻を走り続けているのだと彼は自分に言い聞かせた。追っ手をまく脱獄囚のように折れ曲がった道を駆けた。親方の父親が未来仏の弥勒菩薩を選んだのには意味があったのだ。草の悪魔は五十六億年など容易《たやす》く生きるに違いないからだ。亡霊の声がセイジの内耳に木霊《こだま》した。気がつくと足は元の所に戻っていて、セイジは早鐘を打つ自分の心臓の鼓動だけを聞いていた。

「お前を木像にしたりはしないさ」

親方は横に裂け目の入った顔をセイジに近づけた。荒い樹皮がささくれ立っていた。

「お前はわしが見込んだとおりの若者だ。特別の『お化け』を背負って生まれてきた男だ。どこへも行っちゃいけないよ。一人前の職人になるまで学ぶべきことはまだ山ほどある」

セイジはその場所にへなへなと崩れ落ちた。

紅色の房の幾塊《いくかたまり》かが合わさって大塊を作り、空を揺さぶっている。桜は地下を向いて咲く。花弁は地獄にいる誰かのために開くのだろうか。深い穴の底から巌が満開の枝垂桜を見上げている。セイジは父親のいる暗黒を覗き込んだ。父親の背後に母親の顔があった。少し離れた所に姉の仏頂面があった。母も姉もこの世の者ではないのだろうか。セイジの胸に情動が突き上げた。どうかな、セイジ——、親方の声が聞こえた。地獄が地の底にあるとは限らないよ。それは地上にあるのかもな。美を疑えと言っただろう。親方の声は続いた。美に絶対の法則や配列はないと。美しいものが美とは限らないし、醜悪なものが醜いとは限らない。美とは常に不安定で社会から疎まれる胡散臭いものでなくてはならないのだと。お前の目に映っている桜も同じことだ。人間の五感だの知覚だのは自然にとって取るに足らないものなのだ。親方が顎をしゃくった。それを合図に、紅枝垂桜の、花房の、花びらの、蕊《しべ》の、地を見下ろして咲いていたそれらが、ゆっくりと水平方向に向きを変えた。ざざざ、ざ、ざ、という梢の擦れ合う音と花粉の香が驟雨《しゅうう》のように奔った。会場の参加者は誰一人として異変に気づいていなかった。合唱が高まった。

生きとし生ける者は　歓喜を
　自然の乳房より飲む
善きもの　悪しきものおしなべて
　薔薇の小道の跡《あと》を辿る
接吻はわれわれにもたらす
　薔薇の小道と葡萄の蔓を
生死を共にせん一人の友をも

瀑布は血の色を強めてセイジに降りかかった。巌の顔、母親の顔、姉の顔が瀧の上に現れ、セイジの鼻先をかすめて瀧壺に落ちて行った。セイジは腕を伸ばした。助けられるはずもないのに彼は必死にその動作を続けた。極楽はどっちだ。地獄は。桜はどこを向いて咲いている。部屋の扉が開いていた。子供が誰かを待っている。床が軋む。何かの気配。父さん、またあんたに会えるかな。セイジは枝垂れていく思考の中でぼんやりとそう考えた。

参考文献

『桜のいのち庭のこころ』佐野藤右衛門／聞き書き・塩野米松　筑摩書房
「歓喜によす」フリートリッヒ・シラー／小松雄一郎訳
『シュルレアリスムと性』グザヴィエル・ゴーチェ／三好郁朗訳　平凡社
『ヘビという生き方』ハーベイ・B・リリーホワイト／細将貴監訳／福山伊吹、福山亮部、児玉知理、児島庸介、義村弘仁訳　東海大学出版部

初出

「王子失踪す」――「小説新潮」二〇二〇年七月号
「キャロル叔母さん」――「小説新潮」二〇二〇年八月号
「その蛇は絞めるといっただろう」――書き下ろし
「ジアスターゼ新婚記」――「週刊新潮」二〇二一年八月十二・十九日号〜九月九日号
「フラワー・ドラム・ソング」――「小説新潮」二〇二〇年十二月号

「王子失踪す」「キャロル叔母さん」「ジアスターゼ新婚記」（「災根」を改題）「フラワー・ドラム・ソング」は、ウエブマガジン「GQ　JAPAN」に連載した「くずりのジャム」（原作・山上たつひこ　漫画・和泉晴紀　二〇一八年四月〜二〇一九年七月）を小説として書き直したものです。

王子《おうじ》失踪《しっそう》す

著者
山上《やまがみ》たつひこ

発行
2021年12月20日

発行者｜佐藤隆信

発行所｜株式会社新潮社
〒162-8711
東京都新宿区矢来町71
電話　編集部03-3266-5411
　　　読者係03-3266-5111
https://www.shinchosha.co.jp

装幀｜新潮社装幀室

印刷所｜大日本印刷株式会社

製本所｜大口製本印刷株式会社

ISBN978-4-10-354351-0 C0093